COLLECTION « HISTOIRE DE L'Œil »

Données de catalogage avant publication (Canada)

Page, Marie

    Petite douceur

    (Histoire de l'oeil)

    ISBN 2-921425-64-5

    I. Titre. II. Collection

PS8581.A39P47 1996   C843'.54   C96-941460-9
PS9581.A39P47 1996
PQ3919.2P33P47 1996

© Balzac - Le Griot Éditeur
C.P. 67 Succ. De Lorimier
Montréal, Qc, H2H 2N6

Dépôt légal – 2ᵉ trimestre 1997
Bibliothèque nationale du Québec
ISBN 2-921468-01-8

Cet ouvrage a été subventionné en partie par le Conseil des Arts du Canada et le ministère de la Culture du Québec.

PETITE DOUCEUR

Du même auteur

ROMANS

Poupées gigognes, Montréal, Éditions Balzac, coll. «Génération 90», 1995.

L'Idole, Montréal, Héritage, coll. «Échos», 1995.

Le Gratte-mots, Montréal, coll. «Échos», 1992, (Prix Alfred-Desrochers 1993), 1992.

Hot dog ou petit pain au chocolat, Paris, Flammarion, coll. «Castor Poche», (2e place au Grand Prix du Jeune Lecteur, Paris, 1988; Prix Littérature de jeunesse de la Ville de Montivilliers, France, 1990),1988.

Vincent, Sylvie et les autres, Montréal, Héritage, coll. «Pour lire avec toi», 1985, rééd. 1988.

L'Enfant venu d'ailleurs, Montréal, Héritage, «Pour lire avec toi», 1983, rééd. 1988.

CONTES ET NOUVELLES

«Hello, le soleil brille brille brille», dans *Enfants terribles*, Paris, Hachette, coll. «Cours toujours», 1996.

«La fée Miranda et son frère», *«À l'école des sorcières»*, *«Le géant et la petite fille»* dans *Sorcières, fées et géants, histoires courtes et amusantes*, Paris, Éditions Lito, 1996.

Caramel le petit chat, Paris, Éditions Lito, coll.«La Bibliothèque des animaux», 1996.

Où est passé le Père Noël? Contes de Noël, Montréal, Éditions Marie-France, coll. «J'aime lire», 1994.

Patte blanche dans la peur bleue, Montréal, HMH Hurtubise, coll. «Tête bêche», 1994.

Drôle d'école, Montréal, Éditions Triptyque, (Prix Gaston-Drouin 1989, Grand Prix littéraire de la ville de Sherbrooke), 1990.

Marie PAGE

Petite douceur

« HISTOIRE DE L'ŒIL »
Les Éditions Balzac

Il m'a introduite dans la maison du vin,
et sa bannière sur moi, c'était l'amour.
(Cantique des Cantiques 2 :4)

J'avais quinze ans lorsque j'ai rencontré Joe. Il
habitait à la sortie du village. J'ignore d'ailleurs
pourquoi on disait la sortie alors qu'elle aurait pu tout
aussi bien en constituer l'entrée, mais c'est ainsi que
l'on dénommait cette partie de la route principale. La
maison de Joe était un peu en retrait. Elle dominait
d'un air altier, du haut de ses trois étages en pierres
de taille, les autres bâtiments de la rue. Il courait des
bruits étranges au sujet de son mystérieux propriétaire. Peu de gens l'avaient rencontré et on ne lui
pardonnait pas sa grande discrétion. Certains préten-
daient qu'il était un homme snob et hautain, persuadé
que nous n'étions pas assez bien pour lui. Je me
souviens d'avoir entendu l'épicière prononcer les
mots de « ballets roses » en parlant de lui avec l'une
de ses clientes. J'avais été frappée par leur allure de
conspiratrices au moment où j'étais entrée dans le
magasin, mais dès qu'elles m'avaient aperçue, elles
s'étaient empressées de changer de propos. Par la
suite, il me fut impossible de découvrir, à l'aide du
dictionnaire, la signification de ces « ballets » d'une
couleur que je trouvais mièvre.

Notre village était si apathique que le moindre
petit écart aux coutumes locales était relevé, commen-
té, enrichi, fignolé à l'infini. Il grossissait, devenait un
événement, un scandale, mieux encore, une pâture
que l'on s'entredéchirait pour nourrir les imagina-

tions affamées, l'os commun sur lequel chacun donnait des coups de dents. On rogne ce que l'on peut !

On ne savait rien de Joe. Ce vide excitait les mauvaises langues. La Nature a horreur du vide, dit-on, et la méchanceté encore plus, il faut qu'elle emplisse les espaces déserts, qu'elle se les accapare.

Mon imagination s'était entichée de ce sujet de réflexion pour la bonne raison qu'il n'en existait pas d'autres. Je m'étais dépeint cet homme sous tous les traits possibles. Un jour, je le voyais petit, maigre et moustachu, le lendemain, grand, blond, athlétique et joyeux et, lorsque j'étais d'humeur plus chagrine, le portrait d'un infâme grigou, vieux, voûté, le regard noir et vicieux s'imposait à mon esprit. Dans tous mes scénarios, je le rencontrais soit lors d'un grand dîner, soit au cours d'une promenade à cheval en forêt. (Je ne monte à cheval que dans mes divagations ; quant aux dîners mondains, je n'y avais assisté qu'en qualité de téléspectatrice.) Bien entendu, la situation tournait toujours à mon avantage. De manière générale, je prenais des airs de grande dame pour lui expliquer, mais tout en nuances, en subtilités, en propos délicats, que ses agissements (même si je n'avais pas la moindre idée de quoi il était question) heurtaient les bonnes mœurs des habitants de notre village et que, n'est-ce pas, il serait de bon ton de démontrer plus de convivialité. (Je trouvais ce mot très chic et je ne manquais pas une occasion de le placer où je pouvais. Mes rédactions étaient émaillées à chaque page de deux ou trois termes de la même famille. Parfois, j'éprouvais un engouement pour un mot inconnu que j'utilisais jusqu'à ce qu'il perde le charme de sa nouveauté.) Et lui, subjugué par ma dignité et la sagesse de mes propos, il obtempérait sans tarder à ma suggestion. Puis, il tombait amoureux de moi. À ce moment-là, mon esprit décollait pour de bon et je me perdais dans l'évocation de ses caresses.

Il n'était pas le premier homme que je gratifiais de mes fantasmes. Pendant plus d'une année, mon professeur de physique avait été mon amant à son insu. Il avait partagé mon lit, m'avait abreuvée de baisers passionnés. Nous avions fait l'amour dans les prés ou dans une grange par des après-midi d'orage, blottis l'un contre l'autre. Il avait dû affronter le ministère de l'Éducation pour détournement de mineure. Finalement, en pleine nuit, il s'introduisit chez nous, me souleva dans ses bras et me porta jusque dans son auto. (Un peu comme Robert Mitchum avec Marilyn Monroe à la fin du film *La Rivière sans retour.*) Nous nous sommes exilés au Brésil où le sable chaud des plages accueillit nos corps et nos cœurs à jamais enlacés.

Ma véritable rencontre avec Joe eut lieu en fin d'après-midi dans des circonstances situées aux antipodes de celles que j'avais prévues. Le mois de juillet débutait à peine et nous avait déjà plongés dans un état de torpeur accablant. Pour tuer le temps (quelle expression atroce!), j'effectuais de longues randonnées à bicyclette. À cause de la chaleur, chaque coup de pédale requérait un effort phénoménal et je n'aurais sans doute battu aucun record de vitesse ce jour-là. Joe sortit de chez lui à l'instant précis où je passais dans sa rue. Dès que je l'aperçus, je détournai la tête de la route pour mieux l'observer, pour savoir de quoi avait l'air ce personnage énigmatique qui hantait mes fantasmes. Je n'avais pas prêté attention à la voiture qui avait ralenti devant moi pour virer à droite. Mon coup de frein fut aussi tardif qu'inutile. Après avoir heurté le pare-choc arrière de l'auto, je me suis retrouvée projetée sur le trottoir. Le conducteur n'a même pas pris la peine de s'arrêter pour évaluer la situation et encore moins pour me porter secours. Il a poursuivi son chemin. Avait-il même eu conscience qu'une collision venait de se produire?

Je gisais par terre, un peu secouée. J'ignore ce qui me causait la plus grande douleur : mon bras raboté, ma cheville foulée ou ma honte de me trouver dans cette posture humiliante? Joe accourut aussitôt. Il était d'une extrême distinction dans son complet de toile beige. Est-il utile de répéter que ce n'était pas de cette façon, peu avantageuse pour moi, que j'avais envisagé de le connaître ?

« Est-ce que tu t'es fait mal ?

— Oui, ai-je gémi.

— Où ça ?

— À la cheville.

— Tu peux te relever ? »

Je me suis mise debout avec peine. Il m'a soutenue d'une main, de l'autre, il a ramassé mon vélo, puis il m'a conduite chez lui. J'ai marché en boîtant. Dès qu'il est entré dans la cour, il y a laissé ma bicyclette.

« Il va falloir la réparer », me dit-il.

Puis il m'a soulevée et m'a portée dans ses bras pour monter l'escalier. Malgré ma douleur, j'ai pris plaisir à respirer son odeur délicate, mais virile. J'aimais la façon dont il prenait soin de moi. Après m'avoir allongée sur un divan, il m'a examinée. L'air grave, il a palpé mes chevilles, ma hanche droite, mon bras, pendant que j'admirais les détails de l'ameublement de sa maison.

« Bon, ce n'est rien, quelques égratignures, tu n'en mourras pas ! Tu as sans doute une entorse à la cheville, je vais te la bander. »

Je lui décochai mon plus beau sourire, contente de m'en tirer à si bon compte.

« Vous êtes médecin ?

— Non, mais j'ai suivi des cours de secourisme dans mes jeunes années. »

Il me contempla un moment, ce qui semblait lui plaire, car il arborait un air satisfait.

« Il faudrait que tu montres ta cheville à un médecin si elle continue à te faire mal. »

Il mit de l'onguent sur mes blessures. Je l'observai pendant qu'il me bandait la jambe, il avait les gestes précis, minutieux d'un infirmier. Lorsqu'il releva la tête, il me demanda :

« Dis-donc, comment t'appelles-tu ?

— Kitty.

— C'est joli Kitty. Et tu as quel âge ?

— Quinze ans. Et vous ? »

Il fut surpris par ma question.

« Ça va, tu n'as pas perdu ta langue, c'est bon signe !

— Vous ne m'avez pas dit votre âge.

— Parce que tu es trop curieuse. Tu veux boire quelque chose ? Tiens, je t'offre un doigt de cognac, ça te remettra. »

Je n'avais jamais goûté au cognac avant, mais pourquoi le lui aurais-je avoué ? Il m'a fait déguster mon premier verre d'alcool. Mon début d'initiation à la griserie était entamé.

Sa maison était magnifique, il me guida dans les différentes pièces à la manière d'un grand seigneur. Il m'expliqua l'origine de chaque œuvre d'art qu'il possédait. Il m'aidait à me déplacer. Malgré mes difficultés de locomotion, je pris le temps de m'imprégner de l'atmosphère dégagée par les nombreuses peintures, les gravures, les photographies qui ornaient les murs, les sculptures superbes qui trônaient sur les guéridons anciens. Je retins peu de choses des explications de Joe, mais je fus enchantée de découvrir une demeure vivante, joyeuse. Pas comme la nôtre ! J'habitais, moi aussi, dans une immense maison, mais une maison vide, une maison silencieuse, somnolente.

Dès que je fus un peu remise, Joe me conduisit chez moi. Il possédait une de ces voitures de luxe aux sièges en cuir. Je me sentis très fière d'être assise à son côté et je m'amusai de l'air étonné des passants. Nous habitions à l'extérieur du village et j'aurais été incapable de m'y rendre à pied dans l'état où j'étais.

« Veux-tu que j'apporte ton vélo chez Pierrot demain ? » me demanda-t-il au moment où il se gara devant chez nous. « Il va te le réparer en cinq sec ! »

Ah ! tiens, il connaissait Pierrot, le garagiste ! Il n'était donc pas aussi sauvage ou prétentieux qu'on le racontait.

« Si cela ne vous ennuie pas trop, oui, je voudrais bien. »

Il sortit pour m'ouvrir la portière et m'aider à m'extraire de l'auto. Comme il semblait vouloir m'accompagner jusqu'à la maison et faire la connaissance de mes parents, je lui dis que je continuerais seule. Je le remerciai de sa gentillesse et partis d'un air déterminé.

J'ignore pourquoi je tenais à éviter qu'il rencontrât mes parents et encore plus que mes parents soient au courant de nos relations. Peut-être avais-je déjà une prémonition des événements qui allaient suivre et que je ressentais le besoin anticipé de me protéger, ou plutôt de protéger mon secret.

« Viens me rendre visite de temps en temps, me lança-il avant de monter dans sa voiture.

— Je n'y manquerai pas », lui ai-je répondu.

Et j'étais sincère, j'avais déjà la piqûre.

Il attendit que je sois bien rentrée avant de démarrer.

Lorsque j'étais enfant, mes parents étaient tellement préoccupés par eux-mêmes, par leur
propre vie, par l'œuvre à laquelle ils se consacraient,
que je disposais d'une liberté sans limites. Il suffisait
que je leur dise que je passais la soirée chez une amie
pour qu'ils me laissent sortir sans poser de questions.
Bien sûr, ils se jugeaient très libéraux, très avant-
gardistes, et ne manquaient pas de fustiger les parents
castrateurs.

Mon père était écrivain. Chaque jour, à longueur
d'année, il s'enfermait dans son bureau au premier
étage. Il écrivait des livres qui m'ont toujours rebutée.
Je n'y comprenais rien, tant ils étaient touffus et
denses. Au bout de trente lignes de sa prose, je me
mettais à bâiller, après deux pages je ronflais ferme.
Il semblait pourtant être apprécié par un cercle d'in-
tellectuels aux visages sombres. Ils arrivaient chez
nous, l'air très absorbé, et discutaient des nuits en-
tières avec intensité. De ma chambre, j'entendais les
éclats de voix et parfois bien davantage. À chacune de
leur visite, ils reconstruisaient le monde tout en dé-
molissant leurs confrères couronnés par le succès.

Ma mère, elle, peignait. Elle consacrait sa vie à
accoucher de fœtus de toutes les couleurs, de toutes
les formes, sur des toiles aux dimensions variées. Bien
sûr, quand je lui demandais ce que ces amas informes
représentaient, elle débitait de longs discours savants,

mais pour moi, qu'elle l'admît ou non, ces formes concentriques repliées sur elles-mêmes évoquaient des embryons qui refusaient de naître, d'éclore, quelque chose de figé, d'imperméable au temps. Si l'on pouvait décrire les âmes, je dirais que celle de ma mère est comparable à une entité qui résiste à la vie, qui refuse de prendre.

Je pensais souvent à cela lorsque j'étais adolescente, je me disais que l'âme ne se voit pas, ne s'entend pas, elle est indescriptible, immatérielle et les artistes comme ma mère tentent de la décoder, de traduire ses élans en images, en mots, en sons... Ils dressent des barrages pour parvenir à la saisir, à la fixer à tout jamais. De ce fait, ils la dénaturent, ce qu'ils ont cru saisir me semblait davantage représenter un infime tressaillement de quelque chose qui ressemblerait à la mort. Moi, qui observais de près ce processus de création, qui le subissais plus que je n'en profitais, j'aspirais, au contraire, à me placer dans le flot de la vie, dans la mouvance et la célébration. Je voulais suivre le tempo, me fondre au noyau même du maëlstrom plutôt que d'essayer d'en analyser les effets sur moi. Mais cela est trop difficile à expliquer. Ce que je veux dire, c'est que je crois que je me suis construite en réaction à mes parents, contre eux, animée par la farouche volonté d'imposer ma différence.

Par exemple, rien ne m'horripilait autant que lorsque les gens me comparaient à ma mère : « Mon Dieu ! comme ta fille te ressemble ! C'est toi au même âge. » avait déclaré un jour une amie d'enfance de maman. À ces mots, la fureur m'envahit. « Ce n'était pas possible, elle ne devait pas voir clair. Était-elle donc à ce point incapable de discerner nos différences ? Maman avait des yeux foncés, les miens étaient pâles, ma mère était brune et moi blonde, la forme de notre visage n'était pas la même. » S'il avait fallu, je me serais teint les cheveux en rouge ou en bleu, pour bien afficher que j'étais moi et non pas une réplique de ma mère et que je n'étais pas condamnée à suivre ses traces, car au fond, c'était bien cela que je redoutais le plus.

Ma mère réussissait à vendre ses tableaux et jouissait d'une certaine notoriété. Ses toiles étaient exposées dans des galeries de la capitale, mais aussi à l'étranger, en Espagne surtout. Allez savoir pourquoi ! En revanche, mon père ne parvenait pas à percer vraiment, il publiait la plupart de ses textes à compte d'auteur. Avait-il du talent ? Comment mesurer le talent de quelqu'un ? Comment expliquer que tant d'artistes géniaux aient été méconnus par leurs contemporains. et que d'autres, encensés par tous les critiques de leur époque, aient sombré dans l'oubli dès leur décès ? Cela me faisait penser à l'âme, à l'amour, à la mort, à tous ces concepts sur lesquels on se questionne depuis la nuit des temps sans parvenir à trouver de réponses originales.

Ce sont les bonnes qui m'ont élevée ou plutôt, j'ai bien l'impression que je me suis élevée toute seule, car les bonnes ont défilé à un tel rythme qu'aucune d'elles n'aurait eu le temps de s'occuper de mon éducation. Et puis, pour éduquer un enfant, il faut en être capable, les personnes compétentes dans ce domaine sont très rares. Nous avons eu vingt-deux bonnes en tout, si mes souvenirs sont exacts.

Pourquoi changions-nous si souvent d'employée ? Cela était étrange, car il n'y avait guère de travail à effectuer à la maison et mes parents étaient assez généreux d'après ce que j'ai pu apprendre. La seule constante que j'aie remarquée, c'est que chaque fois que l'une d'elles s'en allait, mon père s'enfermait à double tour dans son bureau et ma mère peignait des fœtus de plus en plus petits.

J'ignorais également d'où provenaient les fonds qui nous permettaient de vivre. Mon père touchait une petite rente et notre maison appartenait à ma mère qui en avait hérité au décès de son oncle. La famille de maman avait été très fortunée. Propriétaire d'une usine dont elle avait tiré ses revenus, elle avait toujours vécu de manière confortable, pour ne pas dire bourgeoise. À la mort de mon grand-père, cette usine est passée à mon oncle qui l'a vendue. Dieu merci pour maman, mon oncle prodigue a perdu la vie dans un accident d'avion avant d'avoir achevé de dilapider la fortune familiale.

C'était une belle maison entourée d'un jardin, lui-même ceinturé d'un mur. J'avais l'impression de vivre à l'intérieur d'une forteresse, à l'abri des regards étrangers, à l'abri des contacts avec les autres enfants aussi. J'étais très solitaire. J'errais de la bibliothèque au salon, du salon à la cuisine, de la cuisine à ma chambre, de ma chambre au jardin.

Aujourd'hui encore, je me demande ce que je représentais pour mes parents : le résultat d'un « accident » ? Le fruit d'une passion aussitôt consumée ? Je ne me souviens pas de leurs caresses, de moments de tendresse dont nous aurions profité ensemble. Je n'osais pas non plus les approcher de peur de les interrompre dans leur inspiration. Il y avait en eux comme un acharnement à produire, une urgence à créer. À créer quelque chose de plus valable qu'un être humain. Une œuvre prestigieuse qu'ils lègueraient à la postérité.

Jamais je n'oublierai avec quel air de dégoût ma mère a déclaré à l'une de ses amies dont la sœur, artiste elle aussi, avait donné le jour à son troisième enfant et, pire, l'allaitait : « Mais enfin, quelqu'un comme elle a autre chose à faire que de *l'élevage* ! » Ma mère avait souvent exprimé cette idée que la gestation était à la portée de la première venue et qu'il n'y avait pas lieu d'être fière de « mettre bas » (selon son expression) comme une quelconque femelle animale. On ressentait toute sa répulsion pour le corps et ses fonctions bestiales. Il devait lui être pénible d'accepter de déféquer, et m'avoir mise au monde a dû lui sembler être le summun de l'humiliation. Pour elle, son génie devait s'exprimer dans un domaine plus noble, plus distingué. Mais alors, pourquoi cette obsession pour les fœtus ?

J'avoue que, souvent, je me sentais comme une troisième corne sur la tête d'une vache. La comparaison n'est sans doute pas très gracieuse, mais au moins a-t-elle l'avantage de traduire mon sentiment de manière imagée. J'éprouvais plus de plaisir à aider la bonne à écosser les petits pois à la cuisine qu'à tenter d'approcher maman. Quant à mon père, je n'essayais même plus de lui rappeler que j'existais, c'eût été peine perdue. Il était si absorbé par l'exploration de son monde intérieur et par le désir de décrocher un prix littéraire que ma présence ne pesait pas lourd en comparaison.

Nous prenions rarement nos repas ensemble. Mes parents se faisaient monter un plateau dans leur pièce respective, moi, je dînais avec la bonne en regardant la télé. Et je ne m'en plains pas vraiment. Dès mon jeune âge, j'ai joui d'une totale indépendance, ce qui m'a rendu sauvage dans l'âme. Pour moi, l'appel de la liberté est l'instinct le plus puissant, un instinct toujours présent. Je donne l'impression d'être apprivoisée, car je suis parvenue à pêcher, ici et là, ce que l'on appelle de bonnes manières, mais au fond, je ne rends des comptes qu'à moi-même.

Ô que vous êtes belle, ma bien-aimée !
oh ! que vous êtes belle !
(Cantique des Cantiques 1 :14)

Pendant les jours qui ont suivi mon accident, je n'ai cessé de penser à Joe. J'attendais avec impatience d'être capable de marcher normalement. Ainsi je récupérerais mon vélo et j'irais rejoindre mon sauveteur. Je devais avoir la cheville foulée, mais je me suis abstenue de me plaindre à mes parents. Je ressentais qu'il fallait éviter leurs questions, donc les complications.

Ce fut une vraie fête lorsque je me décidai à retourner chez Joe, un mercredi après-midi. Je désirais d'abord passer au village pour lui acheter un petit cadeau en remerciement. Je me torturai l'esprit pour découvrir ce que je pouvais bien lui apporter. J'avais envie de lui offrir un bouquet de lis, c'était la première idée qui m'était venue, impossible de savoir pourquoi. Le lis : emblème des rois de France, fleur noble, emblème de la pureté. Je souhaitais lui donner ce qu'il y avait de mieux. Mais aussitôt, je me suis dit que l'on n'offre pas de fleurs à un homme. Comment ne pas commettre un impair ? Je savais si peu de choses à son sujet. Aimait-il le chocolat ou les cigares ? Tiens, une eau de toilette ! Le souvenir de son odeur ne m'avait pas quittée. À la parfumerie, je humai une série de flacons dont le nom qui figurait sur l'étiquette m'inspirait : *Fahrenheit, Cool Water, Grey Flannel.* Mais je ne parvins pas à reconnaître la fragrance qui m'avait tant plu. Après de longs moments d'hésitation, je finis par porter mon choix sur une bouteille de cognac. Puisqu'il m'en avait servi, c'est qu'il devait l'apprécier. Je m'imaginais bien la lui offrir en déclarant : «Vous m'en avez offert une goutte, je vous la rends au centuple.» J'aimais l'idée de rendre en le multipliant le cadeau que l'on m'avait fait.

Peut-être que si je lui avais apporté des lis, le cours des événements aurait été différent. En lui offrant du cognac, lui ai-je transmis, à mon insu, le message que je souhaitais m'enivrer ?

«C'est pour mon père», ai-je déclaré à l'épicière qui a commencé par refuser de vendre de l'alcool à une mineure.

Et comme elle me connaissait et connaissait ma famille, elle ne me fit pas de difficultés.

Lorsque j'arrivai chez Joe, il me reçut en grande pompe. Il semblait sincèrement heureux de me revoir. Il me prit par le cou, et me dirigea vers la pièce du fond.

«Ça te plairait d'assister à mon travail ?

— Qu'est-ce que vous faites ?

— Tu vas voir.»

Il était occupé à peindre le portrait d'une jeune femme blonde. Elle posait nue, accroupie sur un coussin. Elle ne parut pas gênée de me voir et je fus accueillie avec naturel et simplicité. Je regardai le tableau, il était déjà très avancé.

«Tu aimes ça ?

— Oui, vous peignez bien.

— Tu voudrais poser pour moi ?»

Je regardai la femme, ses seins rebondis, ses belles cuisses fuselées.

«Mais je ne suis pas belle !

— Ah ! Ah ! Tu penses ça ! Attends encore un peu, ma chère ! Crois-en un connaisseur, tu vas être splendide.»

J'étais à la fois heureuse et mal à l'aise d'entendre ces paroles. Je redoutais surtout le moment où il me demanderait de me déshabiller. Je n'ai jamais pu supporter de me dénuder devant les autres. Toute petite déjà, je refusais de me mettre sur le pot devant la bonne, et plus tard, je refusais de me laisser baigner. Quand j'étais habituée à une bonne, mes inhibitions tombaient, mais nous en changions sans arrêt, un vrai défilé ! Chaque fois, je me disais : « Zut, celle-là ne m'a pas encore vue ! » Et cela m'ennuyait beaucoup qu'elle découvrît ma nudité. Me montrer nue, c'était ne plus avoir de secrets et moi, je n'avais pas envie de les partager avec n'importe qui. J'ignore pourquoi j'étais comme ça, une vraie maladie !

J'étais à côté de Joe pendant qu'il peignait. Je voyais à la fois son modèle et le regard qu'il portait sur elle. J'étais hypnotisée. Il la remettait au monde à sa manière à lui. La femme sur la toile était bien plus sensuelle, avait une expression nouvelle, comme s'il avait fouillé au fond d'elle pour remonter à la surface ce qu'elle dissimulait. C'était étrange, fascinant. Il ouvrait là où ma mère aurait fermé. Là où ma mère concentrait, il auréolait. Le mystère éclatait, ou plutôt la femme était sans mystère, ce n'était pas un tableau, c'était une radiographie de l'âme du modèle prise à partir du regard du peintre. En voyant le tableau de Joe, tout était exposé, aucune interprétation n'était désormais possible. L'imagination du spectateur était orientée, cadrée. Devant une peinture ou un dessin de ma mère, au contraire, on sombrait dans la réflexion, on était pris à partie, interrogé, mal à l'aise.

Je ne sais quelle force m'a poussée à saisir une des grandes feuilles empilées sur la table, ainsi qu'un fusain, et, à larges traits, me mettre moi-aussi à dessiner. Je fus surprise de découvrir les résultats de mon travail : une femme toute en aspérités, une femme en flèches et en pics. Aucune rondeur dans ce dessin, il n'y avait que des angles aigus. Les seins rebondis s'étaient métamorphosés en triangles isocèles, comme si j'avais voulu effacer le moelleux, le mou, la douceur. Pas une ligne, pas un trait n'était courbe. Je souffrais des excès de formes concentriques.

J'avais été si absorbée que je ne m'étais pas aperçue que Joe m'observait. Lorsque j'eus fini, il déclara d'un air étrange :

« Ma fille, il ne faut pas faire la guerre à la femme en toi. »

Pourquoi m'avait-il dit cela et pourquoi avait-il parlé sur ce ton ?

Il m'a tenue par les épaules de sa manière protectrice.

« Il faut que tu célèbres la féminité en toi, que tu lui permettes d'éclore, de s'épanouir. Évite de la réprimer ! »

Je ne l'aurais pas moins compris s'il avait parlé en swahili.

« Qu'est-ce que c'est que la féminité ? »

Il me jeta un regard noir.

« Ah non ! Pas à ton âge ! Tu ne vas pas me dire que tu es déjà intoxiquée par cette stupide propagande féministe. Tu ne vas pas me lancer dans un débat. »

Je le regardai médusée. De quoi pouvait-il bien me parler ?

« Mais ma chère enfant, la féminité, c'est ce qui nous permet de vivre. Sans elle, nous ne pourrions plus exister. La féminité, c'est ce qui nous nourrit, c'est le miel et le lait de la vie !

— Et la masculinité ?

— C'est la force agissante. Mais on ne peut agir quand on est dénutri. »

Son regard se radoucit, il m'attira contre lui.

« Tu es encore une toute petite chatte, je vais avoir beaucoup de choses à t'apprendre. »

Et moi, j'étais bien au chaud contre lui. Je me sentais dans mon élément : une truite qui a retrouvé sa source ; de la pâte à modeler entre les mains d'un sculpteur.

Nous avons une petite sœur
qui n'a pas de seins.
Que ferons-nous pour notre sœur
le jour où elle sera demandée ?
(*Cantique des Cantiques* 8 :8)

Les visites chez Joe me comblaient de bonheur, son entrée dans ma vie me fit l'effet d'un conte de fées. Sa chaude demeure bien éclairée, joyeuse, vibrante, remplie d'œuvres d'art que je comprenais, avec lesquelles je pouvais communier, des œuvres qui me parlaient, contrastait de manière prodigieuse avec notre triste maison à l'atmosphère lugubre.

Chaque fois que je me rendais chez lui, je rencontrais des femmes troublantes, certaines revenaient régulièrement, d'autres, comme Tamara, étaient toujours présentes. J'éprouvais de l'affection à l'égard de Tamara, elle s'occupait de moi comme d'une petite sœur. Elle m'apprit à me maquiller, à choisir les couleurs qui s'adaptaient le mieux à mon teint. J'adorais fouiller dans ses affaires. Ses robes étaient parfumées et tout en elle était voluptueux. Elle venait de Georgie et affirmait que les femmes du Caucase étaient les plus passionnées du monde.

Je fréquentais la maison de Joe depuis un peu plus de deux mois lorsqu'un jour, alors que nous étions seuls dans le salon, il m'attira vers lui et me fit asseoir sur ses genoux. Il me caressa la joue du revers de la main.

« Tu me plais beaucoup, tu sais ça ? »

Il défit quelques boutons de mon chemisier et m'embrassa dans le cou, à la naissance de la gorge. Surprise, j'eus un mouvement de recul et bondis sur mes jambes. Je tentai de le repousser, mais il me serra contre lui et me rassit sur ses genoux en me tenant par les bras.

«Allons, allons! me dit-il, grondeur. Ma petite tourterelle s'imagine qu'elle peut m'affronter.»

Son regard était amusé. Sur un ton conciliant, il murmura à mon oreille :

«Tu vas me montrer à quoi tu ressembles.»

Avant que je n'aie eu le temps de répondre, il finit de déboutonner mon chemisier. Je me levai et résistai. Il me déclara d'une voix autoritaire à laquelle on ne peut répliquer :

«Cesse donc de faire le bébé, tu veux!»

D'un bras, il me maintint contre lui, et de l'autre, il ôta mes vêtements avec beaucoup d'efficacité, il dégraffa mon soutien-gorge.

«Mais ils sont mignons ces petits seins!» s'exclama-t-il.

Du bout des doigts, il me caressa.

«Fais voir!»

Il me prit par les épaules qu'il poussa vers l'arrière pour mettre en valeur ma poitrine qui en avait bien besoin, car elle était bien trop minuscule à mon goût. Elle ne ressemblait pas à celle des filles sur les magazines.

«Il y avait longtemps que je n'en avais pas vu des comme ça!»

Puis il me pressa tout contre lui. J'étais debout, lui était assis sur le sofa, les bras passés autour de ma taille. Il se mit à me lécher les mamelons du bout de langue, puis il les aspira. J'étais sous le coup de la surprise, ne sachant si je devais tenter de me libérer, en poussant un grand cri d'indignation, le gifler et me sauver, ce qui aurait été la réaction la plus convenable pour une fille de bonne éducation. Mais, d'une part, je redoutais de perdre son attention et, d'autre part, j'éprouvais un certain plaisir, un plaisir très inusité, comme si mon ventre était sur le point de fondre, de se liquéfier. Et surtout, personne ne m'avait enseigné à feindre une colère que j'étais loin d'éprouver.

« T'aimes ça, hein ? »

Je ne répondis pas. Oui, je crois bien que j'aimais cela, mais je redoutais ce qui allait suivre si je l'approuvais avec trop d'enthousiasme. Si je l'encourageais, c'était mes jeans qui allaient y passer et alors, il découvrirait ma petite culotte et cela je ne le supporterais pas. J'avais remarqué que les femmes qui venaient chez lui portaient de magnifiques slips en soie ou en dentelles. Mon slip à moi était en coton blanc avec un élastique à la taille. Il était laid et nul doute que Joe s'esclafferait en le découvrant. Je me raidis et le repoussai.

« Tu as honte d'avoir du plaisir ? »

Je parvins enfin à parler :

« Non !

— Mais qu'est-ce que tu as ?

— Je ne veux pas, c'est tout, et puis j'ai l'impression que c'est mal, ça m'intimide.

— Mal ! Le mal, c'est quand tu nuis à autrui. Est-ce qu'en ce moment nous faisons du mal à quelqu'un ?

— Non !

— Est-ce que nous enlevons quelque chose à quelqu'un ?

— Non !

— Tu aimes ce que tu es en train de vivre ? »

Je tardai à lui répondre, j'hésitai.

« Un peu, je crois.

— Moi aussi, j'aime ça, donc ce n'est pas mal. »

Il semblait contrarié et me laissa rejoindre les autres femmes qui se trouvaient à l'étage. J'étais torse nu, en jeans. Personne ne parut remarquer quoi que ce soit, mais moi j'eus conscience qu'une nouvelle facette de la vie s'était révélée à moi. Une partie de moi s'éveillait, prenait le dessus, allait s'imposer et m'entraîner sur des sentiers inconnus, affolants. Il n'y aurait désormais plus de retour possible.

Lorsque je revins à la maison, j'étais ravie de constater que mes parents ne s'étaient pas aperçus de mon absence. Ma mère était enfermée dans son atelier et mon père, dans son bureau. Christine, la bonne qui était à notre service depuis trois mois, avait laissé mon repas dans le four, elle devait être dans sa chambre avec son amoureux. Il passait souvent quelques jours chez nous. Mes parents ignoraient qu'un inconnu séjournait dans leur maison et ce n'était pas moi qui allais le dénoncer. Christine fermait les yeux sur mes rentrées tardives, je n'allais pas m'offusquer de ses rendez-vous nocturnes. Lorsque je me couchais, je me mettais l'oreiller sur la tête pour ne pas entendre les gémissements plaintifs qui provenaient de sa chambre. Celle-ci, située à côté de la mienne, communiquait par une porte. Quand j'étais enfant, cette porte était ouverte la nuit. La bonne qui veillait sur moi pouvait ainsi m'entendre. Inutile de dire que même le plus léger crissement de sommier ne m'était épargné.

Cette nuit-là, j'eus du mal à m'endormir. Mon corps était encore frémissant sous l'empreinte des caresses de Joe. Une sorte d'effet à retardement que je provoquais en y pensant. Je ne pensais d'ailleurs qu'à ça, à cet aspect de la réalité auquel je m'ouvrais un peu plus chaque jour et qui m'attirait comme la lumière vive attire les insectes le soir. C'était fort, plus fort que moi, que ma volonté, mes peurs ou mes inhibitions. Je savais que je finirais par me brûler. Mais comme je rêvais alors de me jeter dans ce bûcher, de me laisser consumer par cette délicieuse tourmente. Ô feu de la volupté, dévore-moi ! Que tes flammes m'enveloppent, me lèchent de leurs langues rougeoyantes et tentaculaires, embrase-moi tout entière !

> Reviens, reviens,
> pour que nous te contemplions.
> (*Cantique des Cantiques* 6 :13)

Je devais avoir neuf ou dix ans lorsque j'ai commencé à me poser de sérieuses questions sur la différence entre les filles et les garçons. Comme je n'avais pas de frère, que mes cousins vivaient dans une autre ville et que mon père ne se montrait jamais autrement qu'en robe de chambre ou en complet, ma science au sujet de l'anatomie masculine en était à sa phase préembryonnaire. Pendant longtemps, j'ai pensé que les hommes avaient de la barbe et les femmes des seins. Comme personne ne m'avait jamais parlé ou même mentionné quoi que ce soit au sujet d'une autre différence, je ne pouvais concevoir l'existence, chez les hommes, d'attributs particuliers. N'en déplaise à Monsieur Freud, je n'ai pas connu, dans mes tendres années, ce qu'il appelait l'envie du pénis, puisque j'ignorais l'existence de cet organe remarquable.

Si je n'étais guère troublée par la question, ce n'était pas le cas de ma copine Nathalie. Sa curiosité la tourmentait et elle parvint à me contaminer dans un délai assez restreint.

Nous habitions le même quartier et fréquentions la même école. Tous les jours, en marchant le long du chemin, nous nous entretenions de ce sujet brûlant. Nathalie avait deux frères et en savait plus long que moi. Elle m'expliqua que les garçons n'étaient pas du tout constitués comme nous. Et comme je ne parvenais pas à visualiser l'objet de la différence, elle me dessinait de drôles de petits croquis qui me rappelaient fort certains articles de plomberie. Devant mon incrédulité, mon incapacité d'absorber ses leçons théoriques, elle s'était mis en tête de m'offrir une démonstration pratique.

Dans notre classe, nous avions repéré Gérard, un garçon peureux, pleurnichard, la tête à claques rêvée. Sa vocation de bouc émissaire était inscrite sur son front. Nous nous sommes dit que nous pourrions l'amener à se découvrir devant nous afin que je puisse constater de visu l'existence de cette mystérieuse panoplie masculine. Nous avions mis notre plan au point, prêtes à faire céder notre victime par la méthode forte s'il le fallait. C'était, parmi les garçons, celui qui nous inspirait le moins de crainte. Les autres, nous les redoutions, ils nous paraissaient bêtes et surtout très brutaux, ce qui va souvent de pair. Ils étaient toujours sur le point de se battre ou de nous attaquer, nous, les filles, de manière insidieuse. La plupart du temps, je les évitais comme la peste et passais mon temps à me lamenter que nous étions obligées de partager la planète avec une telle engeance

Un soir, alors que Gérard marchait à quelques pas devant nous, tête baissée, épaules rentrées, nous décidâmes de passer à l'action. Nous l'entourâmes et le poussâmes vers un terrain vague. Nous l'obligeâmes à s'asseoir sous un arbre et à descendre la fermeture à glissière de son pantalon. Nous pensions qu'il allait se battre, se défendre, donner des coups de poings afin de ne pas se soumettre à pareille humiliation. À sa place, je me serais démenée toutes griffes dehors. Eh bien, non ! À notre stupéfaction, il paraissait content. Il affichait même un air un peu flatté. Ainsi, parmi tous les gars de la classe, c'était lui que nous avions choisi, c'était lui que nous avions élu pour notre initiation. Il se prêta donc avec la plus grande complaisance à notre expérience. Nous examinâmes ses parties intimes avec soin et attention. Un sourire étrange animait ses lèvres, il semblait adorer nos mains qui le tripotaient. Nous, par contre, nous étions déçues de découvrir une minuscule masse informe, disgracieuse, ridée, gélatineuse. Je le plaignis de tout cœur, j'étais si heureuse d'être une fille puisque ce n'était que cela le redoutable apanage masculin dont me parlait Nathalie. Je pensais aux gracieux seins bien ronds, bien dodus de la jeune bonne que mon père venait d'embaucher et je me dis que, décidément, les garçons n'avaient pas été gâtés par la nature. Après le départ de Gérard, Nathalie m'affirma que les autres garçons étaient mieux pourvus. Gérard, en plus d'être laid et niais, était d'une constitution peu virile. En tout cas, je suis restée sur ma faim, peu enthousiasmée par ma découverte.

Par la suite, nous n'avons pas compris pourquoi Gérard persistait à nous offrir ses services de cobaye.

Ta taille ressemble à un palmier
et tes seins à des grappes de dattes.
(*Cantique des Cantiques* 7 :7)

Mon père revenait de Paris, il en était encore tout émoustillé. Je devais avoir neuf ans lorsqu'un soir, au salon, il décrivit, avec enthousiasme, à deux ou trois amis, ses joyeuses virées nocturnes dans la ville Lumière : la tournée des grands ducs, les "Bluebell Girls" qu'il prononçait "blou bell gueurls", en tournant les pages d'un album. Je jouais, incognito, dans la bibliothèque, la pièce voisine, dont les portes étaient grandes ouvertes. Je tendais une oreille intéressée à ses propos. De toutes manières, personne ne prêtait attention à moi. J'étais une ombre, un fantôme et c'était très bien comme ça.

Quelques jours plus tard, dès que mon père fut sorti, je me rendis dans son bureau. Il ne me fallut pas très longtemps pour découvrir l'album dont il faisait si grand cas. Je me demandais bien ce qu'il contenait d'extraordinaire.

Il s'agissait de la revue du Lido. En couverture, une blonde superbe, à moitié nue, couverte de plumes, souriait de manière triomphale. Je m'étais mise à tourner les pages. Quel déploiement superbe, quel luxe inouï ! J'étais émerveillée par ces femmes au type nordique, tout en jambes, leurs seins nus provocants. Je m'étais dit : « Ah ! c'est donc cela que mon papa aime ! » comme si je venais enfin de découvrir la recette pour lui plaire. Je devais ressembler à ces filles-là pour parvenir à conquérir son attention.

J'ignore pourquoi, mais de savoir qu'il s'intéressait à d'autres femmes m'avait contrariée. J'ai passé des heures à m'examiner dans la glace. Je me trouvais moche au possible avec mon corps maigre, mes cheveux fins et raides. Jamais, je ne pourrais égaler ces danseuses magnifiques que mon père admirait tant. Afin d'être aimée de lui, il fallait que je devienne grande et belle. Mais serais-je belle un jour ? Comment allais-je survivre si par malchance j'étais laide ? La laideur me paraissait être, pour une femme, l'abomination suprême, comme si une femme dénuée de charmes n'avait pas le droit d'exister, qu'elle respirait l'oxygène destiné aux autres. La laideur interdisait l'espoir d'être aimée de son père. C'est pourquoi les compliments de Joe sur ma beauté future m'avaient tranquillisée : du baume sur une brûlure.

Plus tard, si je persistais à soustraire les secrets de mon anatomie aux regards importuns, la nudité des autres femmes, par contre, m'intéressait au plus haut point. Par curiosité, pour le plaisir de percer leur mystère, parce qu'il suffit qu'une chose soit interdite pour me donner l'envie de la connaître, mais surtout parce que j'avais envie de savoir à quoi j'allais ressembler quand je serais « vieille ».

Il m'est arrivé de contempler nos bonnes, du moins une en particulier, Sonia, une véritable exhibitionniste. J'avais dix ans. Elle tenait à prendre son bain en ma présence sous prétexte qu'elle craignait de se noyer et que personne ne fût là pour lui porter secours au cas où elle éprouverait un malaise. C'est ainsi que j'ai découvert l'existence de cette amas moussu et noir à l'entrejambe. Elle avait des seins énormes, de véritables ballons, et quand elle était allongée dans l'eau, ils ressemblaient à de gros flotteurs gélatineux. Un jour, elle se passa un doigt le long de son entrejambe en m'observant.

« Tu te fais ça aussi ? »

Je la regardai avec des yeux scandalisés.

« Ça non, par exemple ! »

Et c'est vrai qu'il ne me serait jamais venu à l'esprit de faire une chose pareille !

« Dommage, ça fait beaucoup de bien, tu veux essayer ? »

Choquée par sa proposition, je suis restée sans voix.

« Viens, viens me toucher, j'aime ça quand on me caresse. »

Cette fois, elle allait trop loin.

« Vous êtes folle ou quoi ! »

Je suis partie en claquant la porte. Sonia me troublait beaucoup, mais c'était plus fort que moi, j'ai continué d'assister à tous ses bains. J'observais ses jeux, sans jamais y prendre part malgré ses invitations réitérées. Elle se caressait le corps dans des poses diverses, se pétrissait les seins. À la sortie du bain, elle aimait s'asseoir sur le bord de la baignoire, les jambes écartées. Lentement, elle s'essuyait avec un coin de serviette, découvrant l'intérieur même de ses chairs. J'étais hypnotisée. Nous ne nous ressemblions pas. Alors que ma fleur à moi était bien fermée, serrée et lisse, la sienne était ouverte, avec un débordement de peau rose.

Je sentais que mon regard, mon étonnement, voire ma réprobation, lui étaient indispensables. Pour jouir, il lui fallait non seulement s'offrir en spectacle, mais aussi pousser les limites de ma tolérance de plus en plus loin. Je ne lui avais jamais rien demandé, mais il semblait qu'elle s'était fixé pour mission de m'instruire dans le domaine du plaisir. C'est d'ailleurs la seule éducation que l'on m'ait transmise à la maison. Un jour, quand elle se déshabilla, j'aperçus un fond de culotte brun. Je poussai des cris épouvantés.

« Vous avez fait dans votre culotte, vous êtes une dégoûtante ! »

Elle m'expliqua que cela était naturel, que cela arrivait à toutes les femmes, même à ma mère, ce que je n'ai pas cru d'ailleurs. Ma mère était quelqu'un de très bien, elle ne laisserait pas des choses aussi écœurantes lui arriver. Pire, cela me « pendait au bout du nez » à moi aussi d'ici un an ou deux. Je refusai de la croire, je me ferais soigner avant, m'étais-je promis.

Durant des mois, je me suis promenée en ville en regardant les gens et en me disant : «Tiens celui là aussi, il a du poil entre les jambes, et celle-là, elle salit sa culotte. » Ces mystères un peu répugnants, dont s'entouraient les adultes, avaient entamé mon respect pour eux.

Mais comme il devait y avoir un ange qui veillait sur moi, Sonia nous quitta de manière étrange et brutale. Impossible de savoir pourquoi.

Les embryons de ma mère venaient encore de rétrécir. Désormais ils ressemblaient à des petits pois multicolores.

> Réconfortez-moi avec des gâteaux de raisins,
> soutenez-moi avec des pommes,
> car je suis malade d'amour.
> (*Cantique des Cantiques* 2 :5)

Sonia fut remplacée par Yvonne, une espèce de folle, dont le visage évoquait étrangement un bull-dog en pleine dépression nerveuse. Elle ne savait que répéter qu'il ne fallait pas prendre les enfants du bon Dieu pour des canards sauvages. Cette expression, que j'entendais pour la première fois, m'avait plongée dans une réflexion intense. Je ne comprenais pas qui étaient ces enfants dont elle parlait et pourquoi on aurait pu les prendre pour des canards sauvages. Pas de simples canards domestiques, ce qui déjà aurait été assez surprenant, car il me semble qu'il ne serait venu à l'esprit de personne de prendre des enfants, des enfants du bon Dieu par surcroît, pour des canards, mais pourquoi des canards sauvages, précisément ? Serait-ce moins grave si on prenait ces enfants pour des hannetons ou des baleines ? Vraiment, j'étais très intriguée. Et puis, pourquoi disait-elle le *bon* Dieu ? Ne pouvait-elle pas dire Dieu tout court, comme les autres ? Elle disait le bon Dieu comme s'il fallait le distinguer d'un autre, le *mauvais* Dieu.

De plus, sa cuisine était peu ragoûtante. La saveur des repas variait du carton-pâte à la semelle de botte ayant séjourné dans de l'asphalte frais. Malgré toute sa patience, et bien que ce fût elle qui l'eut engagée, alors que cette tâche incombait d'habitude à mon père, ma mère finit par la congédier. Personne ne pleura Yvonne. Papa souriait davantage. Les fœtus de maman semblaient avoir repris du poil de la bête et se porter nettement mieux. On se demandait même s'ils n'allaient pas finir par naître un bon jour. Et surtout, surtout, nous avons eu la chance de découvrir Annick.

Annick est arrivée comme un rayon de soleil et je l'ai aimée dès notre première rencontre. Elle était jeune, joyeuse, et chantait toute la journée : un véritable pinson ! Elle était fiancée à un jeune Italien, Luigi, qui passait la prendre le samedi soir. Quand elle parlait de Luigi, on voyait son regard s'allumer et l'on avait envie de chanter en duo avec elle parce que la vie semblait alors si belle et si légère.

Au printemps qui suivit son arrivée, elle nous annonça qu'elle s'était inscrite à un concours de beauté et demanda à maman de lui donner un peu de temps libre afin de se rendre aux répétitions. Elle se fit confectionner une robe longue avec un beau décolleté. Je suivis avec attention les préparatifs. Bien sûr, j'étais sa plus fidèle supporter. Je ne vivais que pour le moment magique où l'on déposerait la couronne sur la tête d'Annick. Elle me montra comment il fallait marcher, à la fois très droite et d'un pas souple, et je la contemplais avec émerveillement. Qu'est-ce qu'elle était jolie !

L'élection de la reine de beauté fut célébrée à la salle des fêtes. Papa, maman, Luigi et moi, allâmes encourager Annick. J'avais prié de toutes mes forces pour qu'elle obtînt la première place. Quand je la vis au milieu des autres concurrentes, nul doute qu'elle était la plus belle. Son tour vint d'approcher du micro. L'animateur l'interrogea, lui posa des questions anodines pour commencer. Horreur ! Annick se mit à bégayer. J'eus envie de me cacher sous mon siège tant j'étais mal à l'aise pour elle. Trop nerveuse, elle fut incapable de sourire. Le sourire d'Annick était si chaleureux, si extraordinaire qu'il aurait fait fondre tous les icebergs de la Terre. Elle avait un sourire de star. Elle n'obtint que la quatrième place. Nous fûmes tous déçus pour elle. Maman prétendit que les résultats avaient été convenus d'avance, que tout avait été truqué et qu'il était évident que l'animateur était de mèche avec la lauréate qui était d'une beauté assez quelconque. À l'unanimité, nous déclarâmes qu'Annick aurait dû l'emporter avec une longueur d'avance. Nos bonnes paroles ne semblaient pas la consoler. Pendant plusieurs jours, elle cessa de chanter. Je m'efforçais de lui remonter le moral :

« Pense à ta robe et à tout ce que tu as vécu, c'était magnifique quand même ! »

Mais elle me répondit que la robe, elle ne voulait plus la voir, que tout cela n'était qu'un mauvais souvenir et qu'elle souhaitait ne plus jamais entendre la moindre allusion à cette déplorable expérience. Elle qui avait beaucoup fantasmé, qui s'était déjà vue couronnée puis découverte par un metteur en scène qui l'aurait embauchée pour jouer le rôle de la vedette dans un film, elle était tombée de haut. Cendrillon revenait à son balai et à sa serpillière, le prince charmant ne s'était pas présenté au rendez-vous. Les douze coups avaient sonné avant la fête !

Annick était orpheline de père et de mère, il ne lui restait pour toute famille que son frère Pierre, que je m'étais empressée d'adopter. De temps en temps, lorsqu'il se sentait seul, il venait à la maison rendre visite à sa sœur. Quel bonheur pour moi qui l'aimait de tout mon cœur ! Il remplaçait le grand frère que je n'avais pas eu.

Un soir, il s'était présenté à l'improviste. J'étais seule, papa et maman étaient sortis, et Annick devait rentrer plus tard. Déjà en pyjama, j'étais allongée sur le divan du salon lorsqu'il sonna. Je lui proposai de regarder la télévision avec moi. Pierre me suivit. Il enleva son manteau, le jeta sur un fauteuil et approcha le petit pouf en cuir près de moi. On passait un vieux western comme je les aimais. J'ignore comment cela s'est produit, mais une demi-heure plus tard, Pierre était assis sur le bord du divan et me caressait le bras, comme ça, d'un geste un peu machinal. Puis il a posé sa main à l'intérieur de mon pantalon de pyjama, il m'a effleuré le ventre du bout des doigts. Je retenais mon souffle. Je ne suivais plus le film dont j'avais perdu le fil. Sa main remonta jusqu'à mes seins. Je commençais à avoir deux boutons minuscules qui me gênaient terriblement lorsque je mettais un chandail, car ils pointaient. Je croisais toujours les bras pour que personne ne les remarque.

Il murmura :

« Quelle peau ! Quelle peau douce tu as ! C'est incroyable, on dirait du satin ! »

Puis il me couvrit de petits baisers dans le cou. Ça aussi, c'était nouveau, cette façon qu'il avait de m'embrasser. J'aimais l'effet que ses lèvres produisaient, un courant électrique doux, doux...

Sa main redescendit à nouveau jusqu'à mon ventre, et à ce moment-là, mon cœur se mit à cogner très fort. Je posai ma main sur la sienne pour être capable de l'arrêter, mais il poursuivit sa descente. Je le laissai aller. Il explorait par touches légères comme s'il craignait de prendre possession, comme s'il craignait de laisser des traces de son passage. Un papillon qui se pose, léger, léger. Puis, il me saisit la main et la dirigea plus bas encore. Il se tenait tout contre moi et je sentais son souffle chaud sur ma poitrine, son haleine au parfum de vin qui m'enivrait.

C'était bon et j'avais peur.

« Tu veux que je t'aide ? »

La voix d'Annik, brutale et sèche, nous a arrachés à notre intimité. Nous avons sursauté tous les deux. Coupés du reste du monde, nous ne l'avions pas entendue rentrer. Elle avait dû me croire endormie et avait marché sur la pointe des pieds. Son visage était dur et crispé.

Pierre s'est relevé avec précipitation.

« Qu'est-ce qui te prend, je ne faisais rien de mal ! »

Annick l'avait déjà empoigné par la manche de son chandail et l'avait entraîné à la cuisine. J'ai entendu les cris de leur dispute, mais je ne suis pas parvenue à comprendre ce qu'ils se disaient. Le lendemain, j'ai perçu une certaine froideur entre Annick et moi, je me sentais mal à l'aise et j'en fus très peinée.

Je n'ai revu Pierre qu'à des occasions très brèves, il n'avait pas tardé à se trouver une amoureuse et avait espacé ses visites. J'en étais déçue, je n'ai pas pu m'empêcher de penser qu'il ne m'aimait plus et que c'était ma faute s'il ne s'entendait plus avec sa sœur.

Pour Annick, les choses allèrent de mal en pis. Un soir, alors que je rentrais de l'école, ma mère me demanda d'aller trouver Annick.

« Je ne l'ai pas aperçue de la journée, va voir ce qu'elle fait. »

Je frappai à la porte, mais il n'y eut pas de réponse et j'entrai. La chambre était noire, néanmoins, je distinguai la forme d'Annick sur le lit. Elle devait dormir. J'approchai, je l'appelai. Pas de réponse, j'appelai plus fort, je la secouai, toujours rien. Alors j'allumai sa lampe de chevet et je découvris à terre les contenants métalliques vides d'une boîte de comprimés. J'avais compris. Je me suis précipitée à l'atelier de ma mère :

« Viens, Annick s'est suicidée ! »

Maman est arrivée, suivie de papa. Ils la redressèrent, la giflèrent pour la réveiller, puis maman téléphona à une ambulance.

La pauvre Annick fut placée en salle psychiatrique, au milieu de gens déboussolés. Lorsque mes parents allèrent lui rendre visite, elle les supplia de la sortir de là, de cet enfer sur terre.

Après, elle ne fut plus jamais la même. On ne l'entendit plus chanter, elle riait peu. Elle avait essayé de mourir parce que Luigi l'avait abandonnée pour une autre. Il lui reprochait d'être devenue ennuyante. J'étais folle de rage contre Luigi. Annick avait été déçue de ne pas avoir été couronnée, son image d'elle-même en avait pris un sacré coup et au lieu de lui remonter le moral, de lui redonner confiance en elle, Luigi la lâchait ! Je me suis dit que si c'était ça l'amour et si c'était comme ça que les hommes se comportaient avec les femmes, alors il ne fallait pas compter sur moi pour tomber amoureuse. Ah non, alors ! Je m'en garderais bien.

Peu de temps après, maman m'annonça qu'Annick nous avait quittés. Je ne pus la croire. Le matin, avant mon départ pour l'école, Annick ne m'avait rien dit. Elle m'en aurait parlé, elle ne serait pas partie comme une voleuse sans un mot, sans m'embrasser une dernière fois.

« C'est moi qui l'ai mise à la porte.

— Mais pourquoi ?

— J'ai mes raisons. »

Je l'implorai de me les révéler. Elle refusa. Elle refusa aussi de me donner la moindre information sur l'endroit où Annick s'était rendue, elle m'ordonna de ne plus jamais prononcer le nom d'Annick en sa présence. J'en avais le cœur brisé et je me mis à détester ma mère. Quelques semaines plus tard, je rencontrai Annick, par hasard, dans la rue. Elle avait le visage ravagé. Je la trouvai vieillie et mal habillée. On aurait dit une pauvresse. Je lui demandai pourquoi elle était partie, qu'est-ce qui s'était produit, mais elle conserva le silence. Elle prétendit que je ne pouvais pas comprendre. Elle m'embrassa et m'avoua que je lui manquais beaucoup, qu'elle se sentait plus orpheline que jamais. Nous convînmes de nous revoir souvent, je ne pouvais pas rompre comme cela avec elle. Pour moi, Annick n'était pas une employée, c'était ma grande sœur, la mère que je n'avais pas eue, c'était une amie, une confidente, ma première source d'affection. Nous nous vîmes pendant plusieurs mois, jusqu'à ce qu'elle m'annonçât son mariage dans une ville voisine. Je suis persuadée qu'elle s'était mariée non par amour, mais pour briser la solitude. Elle eut quatre enfants coup sur coup. Plus jamais, elle ne serait seule.

Avec le départ d'Annick, l'art de maman avait subi une évolution inattendue. Maman avait cessé de peindre des fœtus, elle était passée aux ectoplasmes.

Elle est un jardin bien clos, ma sœur, ma fiancée,
un jardin bien clos, une source scellée.
(*Cantiques des Cantiques* 4 :12)

J'ai attendu quelques jours avant de retourner chez Joe. Le temps de laisser décanter les émotions. Moi, qui ai vécu si seule depuis toujours, il m'en fallait à petites doses. Et je les savourais pendant longtemps après. Je les faisais revivre dans ma tête, jusqu'à ce que j'en aie extrait toute la saveur, qu'elle soient vidées de toutes substances pour ne rien en perdre. Pour chacun de mes souvenirs heureux, il existait une infinité de clônes : le souvenir du souvenir du souvenir. Combien de fois ai-je revu le visage attentif, reressentis les caresses de Joe sur mes seins ? J'ai vécu mon trouble des dizaines de fois, jusqu'à en avoir épuisé la sensation. Alors, je repartais à la quête d'autres pâtures. Une drogue dont j'augmentais les doses. La maison de Joe symbolisait mon jardin aux fruits défendus, aux fruits d'autant plus attirants. La transgression intensifiait mon plaisir.

L'autre raison pour laquelle j'attendis avant de retourner chez lui était d'ordre pratique. Je voulais aller en ville m'acheter quelques dessous qui ne ressembleraient pas à ceux que revêtaient les pensionnaires de couvent. J'en acquis une collection assez intéressante. Je passai des heures à les examiner et à les essayer. Je les camouflai dans un tiroir, en dessous des lainages, là où personne n'irait fouiller.

Et puis, je me suis procuré de la crème dépilatoire dont j'ai enduit mes jambes. Je n'avais guère de poils et en plus ils étaient blonds, mais je souhaitais obtenir les jambes lisses à la peau de bébé que l'on vantait dans les spots publicitaires à la télé.

Joe m'accueillit avec un sourire complice.

« Ça me fait plaisir de te revoir, sais-tu ? Je croyais que tu étais fâchée. »

Alors là, moi aussi ça me plaisait !

Il me prit par le cou et m'embrassa sur la joue.

« Mmm que tu sens bon les fleurs fraîches ! Qu'est-ce que tu t'es mis ?

— Rien ! C'est juste de l'eau de Cologne.

— Viens, je vais te montrer quelque chose. »

Il m'entraîna à l'arrière de la maison dans son verger. Il l'avait transformé. Il y avait planté d'autres arbres, installé des bancs, une tonnelle, un bassin avec un jet d'eau.

« Qu'est-ce que tu en penses ?

— C'est magnifique ! »

Nous nous assîmes, côte à côte, sur un banc, sous un pommier dont les lourds fruits achevaient de mûrir. Il me regarda avec intensité, puis me demanda si j'avais réfléchi.

« Est-ce que tu penses toujours que ce que nous avons fait est mal ? »

Je lui ai répondu non avec un grand sourire.

« Alors, viens ! » me dit-il en me soulevant. Il m'assit à califourchon sur lui.

De nouveau il me déshabilla de ses mains expertes, de nouveau il se mit à sucer le bout de mes seins. Je ressentis un trouble violent. Plus rien ne comptait, le monde autour de nous s'évanouit. Je lui tins la tête et je lui caressai les cheveux. Nous étions baignés par le soleil et au-dessus de nos têtes les oiseaux par leurs pépiements nous donnaient leur accord.

Joe semblait avoir capté le cours de mes pensées :

« Tu vois, rien de plus simple, de plus normal ! La nature ne demande pas mieux que nous prenions plaisir. Ce sont les hommes qui s'entêtent à penser qu'ils sont ici bas pour souffrir. »

Je suis restée un long moment, les bras passés autour de son cou. Oui, tout cela était bon. Je n'avais rien à craindre.

Trois jours plus tard, lorsque je revins chez Joe, il pleuvait. La pluie avait mouillé mes cheveux malgré le capuchon de mon imperméable. J'avais l'air assez pitoyable en entrant dans son salon.

« Viens vite, ma petite chatte de gouttière ! Nous allons te sécher. »

Il a allumé un feu dans la cheminée. Le bois était déjà prêt, il suffisait de frotter une allumette.

« Tu as de la chance, j'avais déjà tout préparé. La maison est tellement froide et humide lorsqu'il fait ce temps. »

Je me tenais debout devant le foyer, les mains offertes aux flammes. Une fois le feu bien parti, dès que je me sentis réchauffée, je consentis à me débarrasser de mon imperméable. Le bas de mon pantalon était trempé. Joe, qui se trouvait derrière moi, se mit à le déboutonner. Il me le retira et le posa sur le dos d'une chaise qu'il rapprocha du feu.

« Je ne veux plus que tu portes ces cochonneries, ça te serre trop et ça t'irrite, tu ne devrais porter que des jupes ou des robes. »

Et avant que je n'aie eu le temps de prononcer un mot, d'une main leste, il avait enlevé mon slip.

« Ça non plus, je ne veux plus que tu en portes quand tu viens ici. »

J'avais le bas du corps nu. Cela me gênait et je tirai sur mon chandail pour me couvrir. Afin d'éviter les remarques de Joe, je me retournai et l'attaquai :

« Dis donc, tu n'es pas sympathique ! J'ai passé des heures à la choisir, ma petite culotte, et tu me dis qu'il ne faut pas que j'en porte. »

Il s'esclaffa, ma mauvaise humeur l'amusait.

« Attends que je la regarde cette petite culotte ! »

Il la ramassa et se mit à l'examiner, à la renifler.

« Oui, c'est vrai qu'elle est très jolie !

— Tu dis ça pour me faire plaisir, mais tu en as vu bien d'autres.

— Je te jure que celle-là est la plus belle. J'adore les perles roses en forme de fleurs.

— Bon, je te pardonne ! »

Pendant une minute, nous sommes restés face à face dans un silence de plomb. Puis, sans un mot, il me souleva et me déposa sur le sofa qui était le plus près de la cheminée. Ses grosses mains étaient partout, sur mon ventre, mes jambes, sur mes fesses. Ses mouvements étaient fermes, déterminés.

« Tu es très mignonne, je t'assure, tu es toute croquignolette ! »

Il utilisait toujours de ces expressions bien à lui. Et moi, surprise, emportée par sa fougue, je résistai peu. Plus par gêne que par déplaisir, je tentai de le repousser sans conviction. Il m'installa sur son genou. Du revers de la main, il me caressait l'intérieur des cuisses.

« Écarte un peu ! »

Je le sentais me tâter entre les jambes. J'aimais, sans me l'avouer, me livrer à lui.

« Tu es vierge, bien sûr. »

Il a pris mes doigts et me les a posés sur mon ouverture intime.

« Tu sens la petite peau ? »

Je ne sentais rien d'extraordinaire.

« Tu ne sens pas qu'il y a une peau qui ferme ton temple ? Moi j'appelle ça un temple, il faut y pénétrer avec vénération. »

Oui, je sentais.

« Tu me promets que je serais le premier à l'explorer ? »

Je hochai la tête. Il me serra contre lui en maintenant sa main entre mes jambes. Il me caressait doucement. J'éprouvais un plaisir très doux qui devenait de plus en plus intense. Mes jambes se mirent à trembler. Malgré moi, je gémis. Il sourit.

« Eh bien ! tu promets ! » Il retira sa main et me garda un moment contre lui.

«Sauve-toi vite, sinon je vais faire une bêtise. Tu n'es pas encore assez mûre. »

Je montai rejoindre les autres femmes lorsqu'il appela Tamara. Un moment plus tard, j'entendis Tamara crier de façon étrange, je m'en inquiétai, mais les jumelles vietnamiennes, qui venaient d'emménager chez Joe, se mirent à rire. Elles me dirent de ne pas m'effrayer. L'une d'elles me fit un massage et je faillis m'endormir.

Sa main gauche serait sous ma tête
et de sa droite, elle m'étreindrait.
(*Cantique des Cantiques* 8 :2)

Pendant quelques jours, Joe se contenta de me caresser, comme s'il préparait mon corps à l'accueillir. Il m'apprit à m'abandonner.

Ce jour-là, Joe m'avait entraînée dans une chambre dont il avait refermé la porte. C'était la chambre bleue. Bleu comme sérénité, détente. Bleu froid, bleu apaisant. Il me dirigea vers l'immense lit au centre de la pièce. Son regard m'effrayait un peu. Il avait mis une cassette, les sons jaillissaient en cascades. C'était une musique étrange, j'avais l'impression de me trouver au bord de l'eau et d'écouter le chant des oiseaux.

Il s'agenouilla devant moi, avec recueillement presque, pour ôter mes souliers. Je le sentais concentré, attentif à chacun de ses gestes. Il me fit penser à un puma aux pattes de velours. Il m'embrassa les pieds, les tenant bien au chaud dans ses grandes mains, me caressa les chevilles, les mollets.

Joe s'allongea près de moi après avoir retiré son veston et ses chaussures. Il me caressa les doigts, les mains. Il m'inspecta avec minutie comme si j'étais sa chose, une sorte de trésor qu'il évaluait en expert. Il avait remonté ma jupe et fait glisser mon slip le long de mes jambes. Il procédait par des mouvements concentriques, une sorte de massage. Il partait des extrémités pour remonter graduellement vers le centre de mon corps comme s'il voulait en ramener toute l'énergie diffuse.

Je sentais l'intérieur de mes cuisses brûler, mon ventre était une bombe prête à exploser. Je me tortillais, gémissais d'impatience, le suppliais d'en finir. Mais il me laissa sans me toucher, il contempla ce corps dans l'attente. Puis, lorsque ma tension fut tombée, il m'ôta ma jupe, défit mon chemisier et mon soutien-gorge, avec une lenteur exaspérante, comme s'il avait l'éternité devant lui, que chaque geste devait être accompli selon des règles bien précises. Il n'était pas un affamé, il n'était pas un vautour, il était un fin gourmet. Il savait que seul le temps que l'on est prêt à lui consacrer transforme un acte anodin en création originale. Il finit par s'allonger sur moi. J'avais attendu cet instant si longtemps ! Pour qu'il dure, dure longtemps, je me serais damnée pour l'éternité. Puis il m'embrassa le visage, le lobe des oreilles, et descendit vers mes seins. Quel bonheur cette façon qu'il avait de les sucer ! Tout en douceur, en les excitant du bout de la langue. De grands frissons me secouaient. La façon unique qu'il avait de m'explorer provoquait les manifestations les plus inattendues, des ondes me parcouraient le ventre, les cuisses, je sentais mon sang me brûler les veines. J'étais prête à toutes les griseries, à toutes les extases, un million de fois prête ! J'étais prête depuis des semaines ! J'étais prête à la seconde où je l'ai vu ! Mais non, il ne se pressait pas. Il devina mon impatience, car il me sourit de son air ironique, fort de son pouvoir sur moi.

« Implore grâce !

— J'implore grâce, aie pitié de moi !

— Dis-moi que tu me désires.

— Je te désire de toutes mes forces, de tout mon esprit, de tout mon cœur, de toute mon âme. Je me meurs pour toi ! Ça te va ? »

Il me murmurait à l'oreille que j'étais la meilleure, la plus douce de toutes les petites chattes, que j'étais sa femelle à lui. Sa langue chercha ma langue. Doublement captive, je frissonnais de plaisir.

Je redoutais sa puissance et j'adorais ma peur en même temps. Il ne cessa de m'enivrer de paroles. Il m'encourageait comme un entraîneur sportif qui motive ses joueurs : « Allez, tu es capable, viens, encore. Oui, c'est beau, c'est beau, continue ! » Il ne me laissait pas de répit pour réfléchir, pour prendre du recul, me poser des questions.

« Dis-moi que tu es prête à te soumettre à moi pour toutes choses et que tu me donnes tous les droits sur toi.

— Je suis entièrement soumise au moindre de tes désirs, mon corps est ta chose et tu peux agir en maître sur lui.

— Bon, c'est bien ! »

Il me souleva du lit et me conduisit alors dans la cabine de douche attenante à la chambre. Sans avoir eu le temps de comprendre, incapable de reprendre mon souffle, je me retrouvai aspergée par les jets d'eau.

Pourquoi me punissait-il alors qu'il m'avait enseigné que le désir est sain et souhaitable, que rassasier son corps est naturel, etc. ? J'étais perdue. Que devais-je dire, que devais-je faire ?

Nous vous ferons des chaines d'or marquétées d'argent.
(*Cantique des Cantiques* 1 :10)

C'était un vendredi soir. Joe m'avait prévenue que je devais me faire belle, qu'il me réservait une surprise. J'avais donc acheté une très jolie robe pour l'occasion. J'arrivai sur ma bicyclette, ma robe et mes escarpins rangés avec soin dans le sac de mon porte-bagages. Lorsque je fus habillée, Joe siffla d'admiration.

Il avait un dîner d'affaires en ville et me proposa de l'accompagner.

« Ça te fera du bien de sortir un peu et de prendre l'habitude des endroits chics », me dit-il.

Il devait rencontrer George, un antiquaire londonien. Joe collectionnait les antiquités et ne lésinait pas sur le prix à payer lorsqu'il s'agissait d'un objet rare. Je n'oublierai jamais l'expression du visage de George lorsqu'il m'aperçut. Joe l'avait remarqué lui aussi, car plus tard, dans la voiture, il me confiera : « Tu as vu sa tête ? C'est ce que l'on appelle le coup de foudre ! » Et c'est vrai que le pauvre gars avait l'air foudroyé. C'était un homme d'une quarantaine d'année, vêtu de noir. Mais il y avait quelque chose de très jeune dans son expression, comme si une partie de lui avait refusé de grandir.

Durant tout le repas, le regard de George était rivé sur moi. Au café, il présenta à Joe divers petits objets en or massif, datant du début du premier millénaire, qu'il venait d'acquérir l'après-midi même. Il les avait achetés à un marchand syrien. Celui-ci les avait sortis de son pays malgré l'interdiction qui frappe l'exportation d'objets anciens. Mais vendre une partie du patrimoine de son pays devait représenter pour cet homme l'unique moyen d'obtenir les devises tant convoitées. George vida devant mes yeux le contenu d'un petit sac de velours noir. Une trentaine de pièces en or, vieilles de mille huit cents ans, apparurent. Je demandai la permission de les toucher. L'Anglais me les confia comme si c'était moi qui lui faisait une faveur. Pour se récompenser, il en profita d'ailleurs pour poser son pied sur les miens à l'insu de Joe assis sur la banquette à côté de moi. Depuis le dessert, Joe me chatouillait le minou sans que rien ne paraisse.

Moi, je prenais un plaisir fou à jouer avec les pièces, non pas pour leur valeur ou parce qu'elles étaient en or, mais je souhaitais nouer un lien avec tous ceux qui les avaient touchées avant moi. Dans quelles circonstances cela s'était-il produit ? Je songeai aux milliers de personnes qui avaient été en contact avec ces pièces à un moment de leur vie, certaines les avaient peut-être volées et d'autres, pire encore, avaient tué pour se les approprier. L'or leur avait survécu. Et tout ça, pour m'arriver à moi, ce jour-là, dans ce restaurant. Alors, j'ai tenu les pièces bien au chaud dans mes mains, parce que je les trouvais belles et parce que je désirais, par un fugitif arrêt de l'Histoire, effacer deux mille ans de vilénies, de crimes et de mensonges. J'ai fermé les yeux. J'imaginai qu'à l'intérieur des mes mains reposait un ensemble de destins : tous les destins dont le cours avaient été modifié à cause de ces pièces et, par je ne sais quel processus, je communiai avec eux. Mes intentions étaient pures et je pensais que peut-être, je pouvais infléchir le rôle que cet or allait désormais jouer.

Lorsque j'ai rouvert les yeux, Joe et George me contemplaient. Je crus capter une étincelle de complicité dans leur regard. Je les dévisageai l'un après l'autre :

« Qu'est-ce que vous avez, pourquoi me regardez-vous comme ça ?

— Il n'y a rien, répondit Joe. Nous te trouvons superbe, c'est tout. »

Je me tournai vers Joe.

« Est-ce que tu vas acheter ces pièces ? »

Ma question sembla déclencher un malaise chez les deux hommes.

« Euh ! Oui !

— Chic ! ai-je répliqué, je pourrai les admirer. »

Mais lorsque nous retournâmes chez Joe, je m'aperçus que nous n'avions pas le petit sac en velours.

Joe me rassura :

« Georges me le rapportera lors de son prochain voyage dans deux ou trois mois. Il doit d'abord les faire expertiser. »

Pendant presque deux semaines, mes visites chez Joe furent presque quotidiennes. Sa présence m'était devenue indispensable. J'aimais qu'il me déshabillât, j'aimais ses caresses. Pendant tout ce temps, c'était toujours moi qui étais dénudée, il connaissait et avait exploré chaque pli, chaque rondeur, chaque creux de mon corps, jamais encore je ne l'avais contemplé, lui. Un jour cependant, il me demanda si j'étais intéressée à le voir nu. Je lui dis que cela me plairait bien. Il me laissa le dévêtir. Je m'y pris très gauchement, il riait de manière indulgente, amusée.

Lorsque je dus lui retirer son slip, je m'arrêtai. Je n'osais pas. Alors, il le fit lui même. Il s'assit sur le sofa, les jambes écartées. J'étais agenouillée sur la moquette, devant lui. C'était la première fois que je voyais un homme adulte en tenue d'Adam.

« Touche, n'aie pas peur. »

Avec timidité, je pris son membre dans mes mains comme je me serais emparée d'un jouet magique, et je l'observai.

Il m'indiqua comment le caresser. Je le sentis durcir entre mes doigts, il grandissait, se raidissait encore plus et je l'examinai mi-curieuse, mi-inquiète. Cette transformation me surprenait, j'avais l'impression d'avoir du pouvoir, que par un simple geste je réussissais à métamorphoser une partie de l'homme.

« Qu'est-ce que tu en penses ? »

Quelle question !

Je ne savais quoi répondre. J'étais surprise, intriguée. « Rien à voir avec la démonstration de Gérard », pensai-je.

J'aimais faire glisser la gaine de peau pour voir apparaître cette drôle de tête rose à la peau fine, avec une amusante petite bouche entrouverte.

« Embrasse-le ! » me commanda-t-il.

Je tenais son membre des deux mains, je le couvris de baisers.

« Avec ta langue, maintenant ! »

Les yeux dans les siens, je me mis à laper ce drôle de sucre d'orge.

Il me regarda d'un regard bizarre, comme s'il luttait contre son désir, puis il me repoussa, me dit de filer et il appela Tamara.

Place-moi comme un sceau sur ton cœur...
(*Cantique des Cantiques* 8 :6)

Il m'a fallu prendre du recul avant de retourner chez Joe, le temps de mettre de l'ordre dans mes idées. Je souhaitais me désamourer, me dégriser en somme. Que me voulait-il ? À quel jeu jouait-il avec moi ? Jusqu'à quel point allait-il pousser l'initiation ? Ce que j'avais ressenti était fort. Cette façon d'exciter mon désir, de me donner envie de lui offrir mon corps et puis, toujours ce mouvement de recul, comme s'il craignait de se brûler, d'approcher ma flamme de trop près. En tout cas de ne pas aller jusqu'au bout. Je ressentais une frustration et une véritable colère à son égard. Pourquoi me faisait-il cela ? Il me préparait savamment à un plaisir qu'il me refusait au dernier moment. Je me sentais comme un enfant auquel on a promis un tour de manège et que l'on abandonne sur le bord de la piste à regarder les autres tourner et à imaginer quelle joie ils éprouvent. Puisque c'était ainsi, je ne le reverrais plus pendant quelques semaines, je le mettrais en pénitence. Ou plutôt, je me contenterais de lui rendre de très courtes visites, jusqu'à ce qu'il me supplie de rester et qu'il me rassasie de caresses.

Et puis, soudain, je ne sais comment, l'idée m'est venue que Joe attendait le moment opportun. Qu'il jouissait de cette attente. Qu'il imaginait peut-être dans ses moindres détails la façon par laquelle il allait accomplir l'irréversible. Il voulait me préparer à ma première fois.

Je me souvins d'une fête de Pâques où l'on m'avait offert un énorme panier. Au lieu d'être rempli de banals œufs, il représentait l'arche de Noé avec toutes sortes d'animaux en chocolat. C'était si beau que, pendant plusieurs semaines, ma gourmandise avait été tenue en suspens. Il m'était impossible de manger ce chef-d'œuvre que je courais admirer chaque matin à mon réveil. Le terme « manger » me frappa tout à coup par son aspect bestial. Pour la première fois, je pris conscience qu'en raison de cette fonction, des vies devaient être sacrifiées. Même leur grande beauté ne suffisait pas à sauver les victimes. La vache qui broute n'a aucune considération pour la délicatesse des fleurs qu'elle avale et le lion ne stoppe pas son élan pour admirer la grâce de la gazelle sur laquelle il s'apprête à bondir et à la dévorer vivante. Durant toutes ces semaines, je me suis demandé par qui je commencerais. Non, ce n'était pas par qui je commencerais qui était le plus difficile à décider, mais par qui je finirais, car j'avais résolu très tôt d'avaler tout rond le lion et le loup, le tigre et le chacal. Juste retour des choses. Je n'éprouvais aucun état d'âme à croquer l'éléphant, l'ours, la vache et la poule. Bien sûr, je répugnai à goûter au rat et au hibou. À la fin, il me restait un brave cheval, un chat couché en boule, un petit chien joyeux, une chevrette qui avait un brin d'herbe en bouche. Elle semblait si innocente, si heureuse de vivre que je ne pus me résoudre à mettre un terme à son existence d'un coup de dents. Je la conservai pendant des mois jusqu'à ce qu'elle fut immangeable. Broute petite chèvre, le loup est mort !. Enivre-toi du parfum des fleurs, laisse le vent fou de la liberté t'emporter. Vis, vis, vis à tue-tête. Monsieur Seguin n'est qu'un vieux pessimiste. Bien sûr, j'avais nommé la chevrette Kitty.

Cette crainte d'entamer ce qui est beau me rappelait aussi ce sentiment que j'éprouvais devant une étendue de neige fraîche scintillant au soleil. Je me suis souvent sentie prise entre le désir d'être la première à y poser le pied, à y laisser mes marques, et celui de la contempler dans sa pure splendeur. Je savais qu'à partir du moment où je laissais mes empreintes, cette pureté serait à tout jamais disparue, il n'y aurait aucune façon de retourner en arrière. Tant que je n'avais pas touché à mon chocolat ou que je n'avais pas foulé la neige, je me conservais la possibilité de le faire, je pouvais anticiper et jouir plus longtemps du moment où je me déciderais.

Il existe peut-être une manière de gérer son plaisir. Jouir par anticipation est sans doute la phase la plus excitante, car la plus prometteuse. Tout est réalisable en pensées. L'esprit permet tous les fantasmes, pas la Nature. Le fantasme idéalise ; le passage à l'acte plonge dans la réalité imparfaite de la matière. Il ne peut être que décevant. Dans la réalité, il y a des corps avec des défauts, des boutons, des cicatrices, des odeurs désagréables, de la gêne, voire de la réticence. Les esthètes le savent, ils planifient leur plaisir à venir, les brutes, eux, sont incapables de contrôler leurs émotions. Et Joe n'était pas une brute.

Mais je savais aussi que le chocolat que l'on ne mange pas, qui traîne trop longtemps, perd son lustre et s'abîme, et que la neige immaculée est éphémère. Il existe un moment où le passage à l'acte devient nécessaire, sinon on se prive bêtement, masochistement d'un plaisir. Retarder jusqu'au moment propice, oui, mais refouler, jamais !

Et c'était sans doute ce moment-là, celui où je serais prête, mûre à cueillir, que Joe attendait avec une imperturbable patience, une parfaite maîtrise de ses sens et de ses émotions. Cette théorie me séduisait. J'acceptais avec enthousiasme d'être sa neige immaculée, fraîche et scintillante, sa chevrette en chocolat vautrée dans l'herbe parfumée à l'orée du bois.

Je me disais que ce n'était qu'un début. Que Joe me plongerait dans bien des émois insoupçonnés.

Mais que pouvait-il exister d'autre ? Était-il possible d'expérimenter des sensations plus fortes encore ? Impossible de me sortir ces idées de l'esprit, je ne pensais qu'à mon retour chez Joe et m'imaginais de mille façons comment il allait m'accueillir. Même l'attente que je m'imposais me parut voluptueuse.

J'ai retiré ma tunique.
Comment puis-je la remettre ?
(*Cantique des Cantiques* 5 :3)

Au bout de deux semaines, je n'y tins plus. Mon corps, maintenant qu'il y était accoutumé, exigeait sa ration de caresses quotidiennes. Il avait faim des grandes mains de Joe qui le parcouraient partout et savaient si bien le faire frissonner. Il avait besoin du désir de Joe. Il réclamait son dû de sensations inusitées, plus fortes, plus surprenantes. Mon corps ignorait les états d'âmes, il ne se posait pas de questions. Il exigeait, imposait ses volontés de manière de plus en plus précises, de plus en plus impératives. Plus je tentais de chasser Joe de mon esprit, plus les sensations physiques devenaient violentes, omniprésentes. J'étais comme une voyageuse au milieu du désert qui essaye de se persuader qu'elle n'a pas soif, que l'eau lui est néfaste. Les plaisirs du corps représentaient la vie. Eux seuls permettaient d'échapper à la pensée, à son constant diktat. Échapper à la pensée, à ce qui nous relie à elle. Accéder à un autre monde, celui où le quotidien s'efface et où, pour un instant, aussi bref soit-il, l'éternité s'offrait à moi.

Je devins obsédée par mes retrouvailles avec Joe.

Sans prévenir, j'arrivai chez lui. Sur le pas de la porte, j'entendis de la musique, des voix dans le salon. Je sonnai avec un sentiment de joie mêlé d'appréhension. Comment allait-il m'accueillir ? M'avait-il oubliée ? Et s'il n'était pas là, qu'il était parti ? Je me torturai par mille questions plus cruelles les unes que les autres.

La lourde porte s'ouvrit. Cet espace de temps qui me séparait de lui, ces dernières secondes me parurent interminables. Dès qu'il m'aperçut son visage rayonna :

« Tiens, voilà mon petit lapin ! »

Avant même d'attendre ma réaction, il m'avait entraînée dans le couloir en direction de la chambre bleue.

« Fais voir de quoi tu as l'air ! »

Il me tint par les épaules au bout de ses bras et me contempla. Son expression changea tout à coup, je vis apparaître dans ses prunelles la lueur tant espérée.

« Mais tu es belle tout plein, un vrai cœur ! »

Un bruit de voix l'interrompit. Il parut agacé.

« Attends-moi ici, je vais me débarrasser des gens qui sont au salon.

— Qui sont-ils ?

— Tu ne les connais pas et ils m'embêtent. »

Il revint quelques minutes plus tard avec un plateau chargé de patisseries, de fruits et une flûte de champagne.

« Tiens, c'est pour te faire patienter, ça ne devrait pas être trop long. »

Je bus le champagne et grignotai les biscuits qui l'accompagnaient. Mais très vite, l'ennui ou plutôt l'impatience de me retrouver dans les bras de Joe me gagna. Sans bruit, j'entrebâillai la porte qui donnait sur le salon. Joe était en compagnie de trois personnes, un homme qui me tournait le dos et deux femmes. Celles-ci avaient un air vulgaire, leur maquillage était agressif et elles portaient une multitude de bijoux. Qui pouvaient bien être ces gens ?

Je m'allongeai sur le lit en me demandant si je ne devais pas m'éclipser. Attendre m'était insupportable. Je finis par m'endormir. Lorsque j'ouvris les yeux, je ne sais combien de temps plus tard, je vis Joe penché sur moi. Je découvris que j'étais nue. Je cherchai son regard pour y lire le récit de ce qui venait de se passer, comprendre pourquoi j'étais dévêtue. J'éprouvais aussi une étrange chaleur dans le bas de mon ventre.

« Bonjour, dit-il sur un ton enjoué. Tu étais trop mignonne, je n'ai pas résisté.

— Tu n'as pas résisté à faire quoi ?

— À te caresser.

— C'est tout ? Tu m'as juste caressée ?

— Oui.

— Tu aurais pu me réveiller.

— Cela aurait été dommage, c'était la première fois que je te voyais dormir. C'est beau une jeune fille endormie, elle paraît si vulnérable dans son abandon. »

Je me rallongeai sur le dos, les yeux fermés.

« Vas-y, recommence, je m'abandonne. »

Il se coucha sur moi, m'écarta les bras en me tenant les mains :

« Vilaine, va, tu veux vraiment me faire des misères ! »

Il m'embrassa d'un air goulu dans le cou. Je le traitai de grand méchant loup. Il joua le jeu et se mit à me laper sur la gorge, jusqu'au bas du ventre. De temps en temps, il relevait la tête, le regard dirigé vers le plafond et poussait des hurlements semblables à ceux d'un loup au fond des bois, une nuit de pleine lune. Je riais comme une folle et lui, il reprenait son manège. Et puis, d'un bond, il se leva et sortit de la pièce.

« Noooonn ! Pas comme ça ! m'écriai-je. Ne me laisse pas ! »

Il demeura sourd à mes cris. La violence de la colère qui s'empara de moi me surprit. C'en était fini de la chèvre et de la neige scintillante et pure ! J'en avais assez de ces manies qui devenaient cruelles et destructrices. Qu'est-ce que Joe voulait de moi au juste ? Souhaitait-il me pousser à bout ? Tester la force de mon désir ? Mais on ne joue pas avec le désir sans le tuer. À mon tour, je sautai du lit et j'ouvris la porte.

Joe était assis sur le bord de la fenêtre du salon et contemplait le jardin. Le visage empreint d'une parfaite sérénité, il fumait une cigarette. Je hurlai :

« Espèce de crétin, qu'est-ce qui te prend ? »

Il se retourna, me jeta un coup d'œil et dit d'une voix posée qui accrut ma fureur :

« Habille-toi ! »

Toute tremblante, j'enfilai mon chandail et ma jupe. Il me le payerait. Cette fois, c'en était trop ! Qui étais-je pour lui ? Une poupée avec laquelle on fait joujou comme on le souhaite ? Car une poupée n'éprouve rien. Eh bien, il allait voir si j'étais de cire !

Je me ruai vers le salon. Dans ma rage, je me jetai sur un vase auquel il tenait beaucoup. Lorsque Joe le vit se fracasser contre le mur, il s'avança vers moi.

« Arrête ça tout de suite ! »

Son visage dur, la froide colère du ton de sa voix me figèrent.

« Est-ce que tu deviens folle ou quoi ?

— Peut-être bien que oui. C'est toi qui me rends folle. Qu'est-ce que tu attends de moi ? Je ne suis pas ta chose, ton objet avec lequel tu peux t'amuser et rejeter dans un coin lorsque tu en as assez.

— Je croyais que tu étais intelligente.

— Mais non, tu ne savais pas ? Je suis folle et idiote ! » répliquai-je en insistant sur le *et*.

Il sourit et s'approcha de moi.

« Allez, on enterre la hache de guerre ! »

Au moment où il essaya de me prendre par la taille dans un geste de réconciliation, je m'esquivai.

« Ah non, ce serait trop facile ! D'abord tu te conduis de manière insensée, ensuite tu m'insultes et maintenant tu veux faire ami-ami. J'exige des explications. »

Il parut de plus en plus amusé. Cette indifférence à mes émotions attisa ma fureur. J'avais l'impression de me frapper à un mur. Je lui tournai le dos et je me dirigeai vers la porte de sortie.

« Attends, ne pars pas comme ça ! »

Il me rattrapa par le bras et m'obligea à le regarder en face. Sa voix redevint tendre et douce :

« Tu ne comprends pas que je tiens à te respecter, tu es encore mineure. »

J'éclatai d'un rire nerveux, j'étais au bord des larmes :

« Tu ne me la sortiras pas celle-là ! Qui est-ce qui me racontait qu'il n'y avait pas de mal à nous faire du bien à nous ? Et puis, d'où te viennent soudain toutes ces inquiétudes au sujet de mon âge ?

— Je ne te sens pas encore prête.

— Ah ! parce que c'est toi qui ressens les choses à ma place maintenant ! Bravo ! Comment fais-tu ? Tu te plonges à l'intérieur de moi ? »

Je m'arrachai à lui et partit en courant. Avant de claquer la porte je lui lançai :

« Ce que je peux te dire, c'est que tu ne me fais plus du bien et que j'en ai plein le dos de tes salamalecs ! Tu n'es qu'un sale manipulateur ! »

Là celle qui t'enfantait connut les douleurs.
(*Cantique des Cantiques* 8 :5)

Quelques jours plus tard, au milieu de la nuit, j'entendis des coups à la porte de ma chambre. Lorsque j'ouvris, j'aperçus Christine, pliée en deux, le visage défait.

« Kitty, va vite demander à ta mère qu'elle appelle un médecin, je ne me sens pas bien. »

Elle était malade, fiévreuse et éprouvait de la difficulté à marcher.

Je grimpai les deux étages à toute allure et je frappai à la porte de maman.

« Maman, descends, Christine va très mal. »

Ma mère répondit que ça pouvait attendre jusqu'au lendemain, qu'elle était fatiguée et qu'elle n'allait certainement pas se lever au milieu de la nuit. J'insistai, mais elle me renvoya vertement.

Je retournai dans la chambre de Christine et je la mis au courant.

« Retourne, insiste, dis à ta mère que c'est vraiment urgent. »

À nouveau, je me retrouvai devant la porte de ma mère. Impossible de la faire bouger. Elle refusait de se lever. Elle me parlait d'une voix pâteuse, comme quelqu'un qui n'était pas sorti du sommeil ou qui s'était bourré de somnifères. J'étais désolée pour Christine.

« Est-ce que tu veux que j'aille réveiller papa ?

— Ça ne vaut pas la peine, il n'est pas là, il ne reviendra pas avant demain soir.

— Ah bon ! Au moins il y a une personne dans cette maison qui est au courant de ce qui se passe ! »

Christine pleurait et j'ignorais comment je pouvais la soulager.

« Veux-tu que je téléphone à une ambulance ? Je n'ai pas besoin de ma mère pour ça.

— Non, j'attendrai jusqu'à demain.

— Tu es sûre que tu en es capable ?

— Oui, ça va aller, ne t'inquiète pas. »

Je restai un moment auprès d'elle, assise sur son lit. Finalement, elle me renvoya dans ma chambre. Le lendemain, très tôt, j'aperçus une ambulance dans la cour. On emmenait Christine à l'hôpital. Lorsque j'allai lui rendre visite en soirée, son visage était blanc, sans expression. Elle resta muette sur la cause de sa souffrance. Je me contentai de lui tenir la main, de lui dire que je ne l'abandonnerais pas, qu'elle pouvait compter sur moi et que j'éprouvais une grande affection pour elle. Christine sortit de l'hôpital deux jours plus tard, mais elle ne revint plus travailler chez nous. Elle n'avait pas pardonné à ma mère d'avoir refusé de lui porter secours. J'en fus très attristée, car je m'étais attachée à elle. Christine avait été ma seule alliée.

Est-ce tout à fait un hasard si, peu de temps après le départ de Christine, ce fut à mon tour de tomber malade en pleine nuit ? Déjà en me couchant ce soir-là, je m'étais sentie mal. Je n'avais pas réussi à dormir. Vers deux heures du matin, je me levai, l'estomac torturé, affolée par l'angoisse qui m'étreignait. Je n'en pouvais plus. Comme je l'avais fait quelques semaines plus tôt, je montai frapper à la porte de la chambre à coucher de maman en espérant qu'elle aurait plus de compassion pour moi qu'elle n'en avait eu pour la malheureuse Christine :

« Maman, je ne me sens pas bien. »

Mais la voix ensommeillée de ma mère éteignit tous mes espoirs de sollicitude :

«Retourne te coucher!

— Je peux pas, puisque je te dis que je vais mal. »

À ce moment-là, je me penchai en avant, incapable de me retenir, je vomis bruyamment.

J'avais du mal à reprendre mon souffle.

«Maman, je suis malade. »

De son lit, ma mère me demanda de nettoyer le plancher et de retourner me coucher.

Alors, j'ai épongé le plancher et je suis retournée dans ma chambre. Je n'ai pas réussi à m'endormir. Le lendemain, j'avais décidé que je n'adresserais plus la parole à ma mère.

Comme un lis parmi l'herbe épineuse...
(Cantique des Cantiques 2 :2)*

Depuis que je connaissais Joe, rentrer à la maison m'était devenu plus pénible que jamais. C'était le chaud-froid, le passage de la lumière à l'obscurité, du plaisir à la souffrance. Ma maison était une tombe, un piège, un trou, une fosse. Et je haïssais mes gardiens. Mais comme je m'étais brouillée avec Joe et que Christine nous avait quittés, je n'en menais pas large.

Mes relations avec ma mère étaient plus tendues que jamais. Il m'arrivait parfois de la croiser dans un vestibule. Elle titubait en se tenant aux murs et je savais qu'elle venait de vider le contenu d'un des flacons qu'elle cachait dans son atelier. Je ne lui disais rien. Je la haïssais trop et puis, je n'avais pas accès à son monde.

Ma colère à l'égard de mes géniteurs occulta celle que j'éprouvais pour Joe. Je me remis à souhaiter le revoir, à désirer tout ce qu'il voudra. Soit, je serai sa poupée, sa chose, son petit animal domestique. Tout. J'accepterai tout de lui, car aucune humiliation ne pouvait être plus douloureuse que l'enfer de l'indifférence. Rien ne blesse avec plus de cruauté que le silence, l'absence, le vide.

Mes parents avaient embauché une dénommée Odile, qui passait quelques heures par jour chez nous. Elle préparait les repas, faisait un peu de ménage et s'en retournait chez elle. Mon père avait décidé que j'étais assez grande pour me passer d'une personne qui restait à demeure.

Odile était une femme d'un certain âge, sèche comme un hareng saur, une célibataire endurcie, une vierge à toute épreuve. J'avais entendu mon père lancer à l'un de ses copains : « Celle-là, elle est blindée ! Il faudrait un marteau-piqueur pour la dépuceler ! » Ils avaient bien ri. Comme si toutes les femmes étaient des coffres-forts et que l'unique rôle des hommes étaient d'en trouver la combinaison pour pouvoir s'y introduire et en dérober le contenu. Je me suis dit qu'à eux, c'était un marteau-piqueur pour leur entrouvrir le cœur qu'il leur aurait fallu !

La maison était encore plus froide, encore plus insupportable. Je résolus de retourner chez Joe. L'ombre à bicyclette qui traversa les rues du village en pleine nuit, sous la pluie, qui frappa à la maison aux lumières éteintes et se jeta dans les bras de Joe lorsqu'il ouvrit la porte, c'était moi. C'était moi, à bout. Moi, prête à tout.

« Joe, je te demande pardon, je ne savais pas ce que je disais. Je ferai tout ce que tu voudras », furent mes premières paroles.

Il m'ouvrit ses bras et j'ajoutai :

« Je veux vivre, tu entends, je veux vivre ! »

Il me serra très fort contre lui. À l'instant même, je refis surface, j'aspirai goulûment l'air, j'étais sauvée de la noyade.

Ils m'ont frappée.
Ils m'ont blessée.
(*Cantique des Cantiques* 5 :7)

L'invitation était prévue de longue date. Joe devait se rendre à un souper chez des amis, il m'invita à l'accompagner. C'était la première fois qu'il me sortait. Tamara me prêta une robe en dentelles très décolletée dans le dos. Elle me coiffa et me maquilla. On m'aurait donné trois ans de plus. Joe ne dissimula pas sa satisfaction lorsque je sortis de la chambre de Tamara.

Il m'embrassa sur la joue.

« Tu vas faire des ravages. »

À cette occasion, j'eus le privilège de monter pour la première fois dans une véritable limousine. Le chauffeur m'ouvrit la portière comme dans les films.

« Il n'y a rien de trop beau pour toi ! » me dit Joe que mon air surpris divertissait beaucoup. Une vitre teintée, semblable à celle des portières, nous séparait du chauffeur. Le verre spécial nous permettait de regarder au-dehors sans être vus. Joe communiquait avec le chauffeur grâce à un téléphone intérieur.

Nous fûmes accueillis dans une somptueuse résidence. L'hôtesse me mitrailla d'un regard meurtrier à la minute où elle m'aperçut. Une ancienne maîtresse de Joe ? Le mari, un petit homme rondelet, apparut à son tour et autant sa femme aurait voulu m'expédier dans l'autre monde, autant lui semblait ravi de me voir en chair et en os, bien en chair surtout.

Nous rejoignîmes dans le salon trois autres invités, un couple et un homme seul. Ce dernier, Patrick, conserva longtemps ma main dans les siennes lorsque Joe me présenta à lui.

« Vous êtes très séduisante, mademoiselle. »

Moi, j'avais surtout envie de récupérer ma main qu'il refusait de lâcher.

« Merci ! »

La malchance voulut que je sois assise à côté de lui à table. Dès que nous fûmes installés, la maîtresse de maison, les yeux plein de haine, me piqua de bouts de phrases acérées : du venin à l'état brut. Pendant quelques instants, j'encaissai sans répondre. Que me voulait-elle ? Qu'avais-je fait ? Je lançai un regard implorant vers Joe. Il fit une moue que je traduisis par : « Ne t'inquiète pas ! » Au bout d'un moment j'en eus assez. Je n'allais pas me laisser humilier sans réagir. Tant pis, elle l'avait cherché, je répondrais coup pour coup à ses provocations. Ce qui s'annonçait comme une soirée rébarbative devint une véritable partie de plaisir. Le vin aidant, je m'amusai à titiller le mari. Je me vengeais ainsi de l'épouse jalouse.

Durant le repas, on nous servit des asperges que je fus seule à manger avec les doigts, je les suçai avec avidité de la manière la plus suggestive qui soit en regardant mon hôte dans les yeux. J'avais appris cela en vacances à la montagne avec mon cousin Bruno. Avec lui, j'ai vécu les relations platoniques les plus érotiques que l'on puisse imaginer. Lorsque nous étions seuls au chalet, il ahanait rien qu'à me voir sucer mes légumes longilignes. Je le regardais dans les yeux. Je commençais par les lécher du bout de la langue, puis je les aspirai doucement et d'un coup de dent, je leur coupais la tête. Bruno poussait alors un cri de douleur. Nous riions comme des fous. Ma cousine Vanessa enragea la première fois qu'elle nous vit ensemble. Nous mangions alors une banane. Prise de fringale, j'avais épluché l'une des bananes qui étaient dans le plat de fruits et sans y prendre garde, je me suis amusée à la manger comme lorsque j'étais enfant. Je l'enfournais dans ma bouche et je la ressortais en râclant avec les dents un peu du fruit à chaque fois, si bien que la banane devenait de plus en plus mince. Nous faisions des compétitions avec Bruno, à qui obtiendrait la banane la plus mince avant qu'elle ne se casse. Vanessa m'avait observée sans que je ne le sache, et s'était écriée, l'air très fâché, que je mangeais d'une manière obscène. Je fus surprise. Que je mange de façon inélégante soit, j'étais prête à l'admettre, mais obscène, non, seul son regard l'était.

J'avais l'impression, ce soir-là, de revivre cette situation. Bruno était notre hôte qui rougissait en me regardant et sa femme, qui verdissait à vue d'œil, me rappelait Vanessa. Je voyais bien dans ses yeux qu'elle imaginait que j'en avais à son mari, que je voulais emprunter, lui dérober ce zizi qu'elle se réservait pour son usage exclusif. J'observais ses mains crispées. J'imaginais sa gorge sèche, son désir de m'arracher les yeux, de me griffer les seins, de me taillader le ventre. Plus je sentais sa colère monter, plus je provoquais son mari. Elle était ma victime captive, obligée de faire bonne figure, de bien se tenir, en vraie femme du monde. Moi, je n'avais aucune réputation à protéger.

Mon voisin, qui n'avait rien compris, croyait que cette opération de charme lui était destinée. Aussi, ne cessa-t-il de me caresser les mollets de sa main gauche. Je chassai à plusieurs reprises cette main aventurière et la reposai sur la table, là où elle aurait dû être. En face de moi, Joe, qui avait tout compris, se retenait de rire.

J'avais beaucoup bu, ce qui ne m'arrivait jamais. Je titubais en descendant les marches de la maison pour regagner l'auto. Joe dut me soutenir. D'instinct, ma tête alla se nicher dans le creux de son épaule. Il se moqua de moi :

«C'est du joli ça, on l'emmène dans le grand monde et mademoiselle provoque un esclandre et se saoûle !

« — Tout est de ta faute, lui répondis-je, c'est toi qui m'enseignes les mauvaises manières. »

Il m'aida à monter dans la limousine, je m'effondrai aussitôt sur le siège et ne cessai de glousser. Avais-je le vin joyeux ou était-ce un rire nerveux ? Joe demanda au chauffeur de conduire lentement en parcourant les rues de la ville jusqu'aux prochaines instructions.

« Tu es très bien, mon pigeon ! me déclara-t-il avec un grand sourire. Il y a longtemps que je ne m'étais pas autant amusé. »

Il me prit par le menton et m'embrassa du bout des lèvres.

« Petite ensorceleuse ! »

Puis il entreprit de me caresser.

« Est-ce que je peux ? »

Déjà ses mains avaient plongé sous ma robe et me saisissaient la chatte en s'écriant :

« Oh ! la petite bête toute chaude ! »

Il remonta encore plus haut et referma les mains sur mes seins.

« Qui va manger les bons fruits que voilà ? »

Il se glissa par terre et me remonta les pieds sur la banquette. J'étais dans la position de la grenouille, les genoux à la hauteur des épaules, les chevilles collées aux hanches. Il me léchait à pleine langue.

Nous étions au milieu de l'avenue principale. Les autos défilaient de chaque côté, je contemplais les lumières, tous ces gens qui s'agitaient et qui ne pouvaient voir qu'à quelques mètres d'eux. Un homme, à genoux devant moi, me broutait le buisson ardent. Doublement grisée, je me dis : « Voilà, la vraie vie ! » Je me jurai bien de moissonner tout ce qui me plongerait dans le trouble le plus délicieux, d'engranger tout le plaisir que je trouvais sur mon chemin pour ne jamais en manquer et cela, jusqu'à la fin de mon existence.

Mais la question se pose : Capitalise-t-on le plaisir, l'amour, la joie ou le bonheur ?

Que vos démarches sont belles, ô filles du prince,
à cause de l'agrément de votre chaussure.
(Cantique des Cantiques 7 :1)

Souvent, Joe avait des invités lorsque je lui rendais visite. Nous étions plusieurs à nous annoncer à l'improviste. Parfois je ne me sentais pas d'humeur à parler à des inconnus, alors je patientais seule dans l'une des chambres de la maison. Je lisais un livre ou une revue en attendant le départ de ceux que je considérais comme des importuns. À plusieurs reprises, Joe insista pour m'arracher à ma réclusion. En règle générale, il était plutôt fier de m'exhiber à ses amis masculins.

Ce soir-là, quand j'arrivai, Joe était assis dans le jardin avec un homme aux cheveux argentés. Tous deux se levèrent dès qu'ils m'aperçurent. Joe me présenta à Bill, un Danois qui avait longtemps vécu en Afrique du Sud, puis à Londres. Celui-ci était vêtu d'une manière extraordinaire. Il portait un complet en cachemire, une superbe chemise et une cravate en soie d'une finesse et d'une élégance surprenantes. Chaque détail de son habillement avait dû faire l'objet de soins attentifs, d'une recherche minutieuse.

Très peu de temps après mon arrivée, le téléphone sonna. Joe me demanda de tenir compagnie à son ami, car si l'appel était celui qu'il attendait, il risquait de durer longtemps.

«J'espère que ça ne vous ennuie pas de passer quelques instants seule avec moi ? Soyez gentille, venez vous asseoir plus près de moi. Nous allons prendre un verre. »

L'entrée en matière de Bill me déplut. Je détestais sa voix sirupeuse, son ton mielleux, ses manières affectées. À contre-cœur, j'acceptai de me rapprocher. Je le trouvai plus collant que de la mélasse, plus ennuyant que tous les raseurs de la terre réunis, mais les hommes âgés m'intimidaient.

« J'ai déjà à boire, lui répondis-je en lui montrant mon verre d'eau minérale.

— Pouah ! Jetez-moi ça ! Il n'y a rien de pire que l'eau minérale.

— Moi ça me plaît ! »

Sans même écouter ma réponse, il sortit la bouteille de champagne du seau posé dans l'herbe à côté de sa chaise et me tendit une coupe. Il agissait comme s'il était chez lui.

Je pris la coupe et la déposai sur la table.

Il tenta de me flatter :

« Je vois que vous aimez les beaux vêtements. »

En effet, je m'étais habillée de manière soignée : une robe bleu pâle vaporeuse et même des bas tout neufs. J'apportais mes vêtements dans un sac à dos ou dans les sacoches de mon porte-bagages et je me changeais dans la salle de bain de Joe dès mon arrivée.

Je répondis que oui, bien sûr, personne ne s'intéressait aux vêtements laids.

Il ne releva pas mon impertinence et poursuivit :

« Est-ce que vous aimez les fibres naturelles ou synthétiques ? »

Je maugréai :

« Naturelles, la soie, surtout celle qui ne se froisse pas, le lin, le coton, la laine vierge. »

J'énumérai les fibres comme si je répondais à un professeur en classe, sur un ton monocorde, mais il refusait de comprendre que j'éprouvais de la difficulté à le supporter.

Il approuva :

«Bien, bien! Et les couleurs? Quelles sont vos couleurs préférées?

— Le blanc, le noir et le rouge, certains bleus...

— Oui, oui, ce sont vos couleurs! Et les bas, est-ce que vous aimez les bas très fins?»

Il ajouta qu'il avait remarqué que je portais des bas de je ne sais combien de deniers et qu'ils étaient d'une qualité remarquable. C'était Tamara qui m'achetait mes bas et je ne doutais pas qu'elle se procurait toujours les plus beaux.

Je lui demandai s'il effectuait une enquête pour une compagnie de prêt-à-porter. Il éclata de rire.

«Non, mais je m'intéresse à la mode.

— Vous voulez ouvrir une boutique de mode?

— Non, j'ai un ami qui travaille dans ce domaine, mais moi, je m'y intéresse, c'est tout.»

Il poursuivit son interminable interrogatoire : Est-ce que j'aimais me baigner? Est-ce que je portais un bikini ou un maillot une pièce? Est-ce que je fréquentais souvent le coiffeur? Est-ce que cela me dérangeait d'essayer de nombreuses robes devant un homme?

Je ne savais que penser. Je répondais de mon mieux. Où est-ce qu'il allait en venir? Qu'est-ce qu'il attendait de moi? C'est alors que j'observai le mouvement de sa main sous son veston. Je fis mine de ne pas avoir remarqué. Il persista :

«Et les sous-vêtements, est-ce que vous aimez les beaux dessous?

— Bien sûr, je ne connais pas de femmes qui n'apprécient pas les jolis dessous.»

Ses yeux scintillèrent.

«Ah oui! Lesquels préférez-vous? Est-ce que vous aimez la dentelle très fine ou vous préférez la soie?»

Le mouvement de va-et-vient s'était accéléré. J'avais compris et j'acceptai de jouer à son jeu.

J'aime les deux. J'adore surtout les petites culottes en dentelles, celles qui ont aussi des perles fines assemblées de manière à imiter des fleurs.

J'entrai dans les détails les plus intimes, je parlai des formes des soutiens-gorge, de la qualité des doublures, etc. Il était ravi. Sa respiration devint saccadée, haletante. Je poursuivis en lui décrivant un soutien-gorge à balconnet que j'avais essayé. On pouvait y incorporer de petits coussinets qui relevaient les seins et leur donnaient du volume. Le décolleté pigeonnant était superbe. Je me retins de rire en voyant ses yeux exorbités. J'anticipai la crise cardiaque. Il me demanda si j'acceptais qu'il m'achetât des robes, il souhaitait m'emmener chez un grand couturier pour me faire essayer quelques modèles devant lui. Je refusai en alléguant que ma garde-robe était bien fournie.

Joe parut à la porte à ce moment-là. Il exhiba un air surpris et amusé, mais c'était l'expression ahurie de Bill qui valait une photo. Il était pris la main dans le sac, c'était le cas de le dire. Il se leva avec hâte en bafouillant quelques mots d'excuses et partit en direction de la salle de bain sur la pointe des pieds.

Soulagée d'avoir échappé à une situation qui menaçait de devenir plus qu'embarrassante, je soupirai.

« Eh bien, dis-donc ! Tu lui plais ! » me lança Joe.

Je répondis en feignant l'étonnement :

« Ah bon ! tu crois ? »

Joe éclata de rire.

« Est-ce qu'il t'a demandé quel genre de sous-vêtements tu portais ?

— Comment le sais-tu ?

— Je connais les travers de tous mes amis.

— Merci de m'avoir laissée avec lui, ce fut très instructif. Tu en as beaucoup des copains comme ça ? »

Joe se contenta de m'embrasser sur le front.

« Petite impertinente ! Tu sais comment on appelle les gens comme Bill ?

— Des dingues ?

— Des fétichistes.

— Merci pour la leçon, professeur ! Est-il absolument nécessaire à mon instruction que je me familiarise avec tous les déviants que tu connais ? »

Son visage se rembrunit, comme si ma question avait provoqué des pensées déplaisantes, mais très vite, Joe se reprit et répliqua, le sourire aux lèvres :

« Mais non, ma petite chatte, il n'est pas indispensable que tu les connaisses tous. »

Ils ont enlevé mon grand châle de dessus moi...
(Cantique des Cantiques 5 :7)

Joe et moi avions dîné en ville. Il devait être environ dix heures et comme ni l'un ni l'autre n'avions envie de rentrer, Joe me proposa de nous rendre dans un bar un peu « spécial ». Je n'avais jamais fréquenté de bar de ma vie, je ne pouvais donc différencier les normaux des spéciaux. Je répondis oui. Après tout, n'était-il pas mon instructeur, celui qui devait m'initier à la vie, la vraie ? À l'entrée du *Bigarré,* une sorte de Rambo en complet blanc et chemise rose me demanda mon âge. J'imagine que malgré le maquillage et la robe noire que je portais, je ne paraissais pas les dix-huit ans requis. Joe ne me permit pas de répondre. Il prit un air très offensé et invectiva le gardien de manière énergique. Celui-ci, sans même lever un sourcil, s'entêtait à réclamer des papiers d'identité sur un ton ferme et déterminé. Lorsque l'on a les épaules d'un champion en haltérophilie, l'intimidation n'est peut-être pas le moyen de vous faire changer d'avis. Joe le comprit en même temps que moi. Aussi, il sortit son portefeuille. Un gros billet eut raison des scrupules de notre interlocuteur.

Lors de notre arrivée dans la sombre salle enfumée, plusieurs regards nous suivirent. L'atmosphère de cet endroit me parut étrange. Les gens présents semblaient moins intéressés par la personne avec laquelle ils étaient attablée que par leurs voisins ou les nouveau venus. Tout le monde examinait tout le monde sans la moindre discrétion et malgré moi, je me mis à les imiter. Les femmes étaient vêtues de robes à moitié transparentes. Je me dis que probablement en fin de soirée un défilé serait organisé et l'on mettrait un prix sur chacune d'entre elles. Une sorte de marché aux esclaves. J'ignore pourquoi cette idée m'était venue, mais elle s'était imposée à moi avec une force telle que je ne pus m'empêcher de la partager avec Joe qui, lui aussi, semblait soupeser la valeur de chacune des femmes présentes.

« Joe, dis-moi, est-ce que les femmes vont être vendues ? »

Le visage de Joe revêtit soudain un air de stupéfaction.

« Pourquoi me demandes-tu cela ?

— Je ne sais pas, mais ces femmes ont un air si bizarre, on dirait presque des prostituées.

— Mais non, au contraire, ce sont des femmes très respectables. Elles viennent ici avec leur mari pour se divertir, ajouter du piquant à leur vie conjugale.

— En s'exhibant ? »

Joe éclata de rire.

« Tu es vraiment adorable ! »

On vint nous servir une bouteille de champagne qui semblait de rigueur à ce que je pus constater.

« Dans un moment, nous irons dans la salle d'à côté et tu comprendras tout. À ta santé ! »

Nous trinquâmes joyeusement. Ça m'amusait de me trouver au milieu de cette faune étrange. Le monde adulte me parut un vrai zoo. La rousse, dont la table était proche de la nôtre, coulait un œil intéressé en direction de Joe. Elle portait une robe de satin rose plus courte devant que derrière, avec un décolleté en voile transparent révélant une abondante poitrine d'un blanc laiteux. J'essayai d'imaginer son âge. Elle devait avoir dépassé les quarante ans.

Soudain, un jeune homme d'une beauté stupéfiante, grand, athlétique et à moitié nu fit son apparition au centre de la piste de danse à côté de nous. Sa superbe chevelure blonde et bouclée brillait sous les lumières des projecteurs. Le contraste avec son corps bronzé surprenait. Il avait des dents de carnassier et des yeux d'un bleu si profond qu'ils suggéraient l'envie de s'y noyer. «Voilà le Viking de mes rêves», me suis-je dit.

«Mesdames, je vais interpréter pour vous la danse de l'agonie du pauvre hère. Le malheureux tente de se faire aimer par sa dulcinée qui le rejette.»

Il se mit à se déhancher, les bras en l'air, un paréo en soie noué autour de la taille, le visage grimaçant pour mimer la souffrance. Il était drôle et lascif. L'orchestre avait entamé une lente mélopée. Les femmes, surtout les plus âgées, le dévoraient du regard. Tout à coup, le paréo se détacha et resta accroché à son membre en érection. Il le portait comme un étendard et poursuivit ses contorsions jusqu'à ce qu'une grande brune vînt le joindre. Ensemble, ils quittèrent la pièce pour la salle d'à côté.

«Tu as envie de danser? me demanda Joe.

— Pourquoi pas!»

Nous nous levâmes. Je m'avançai enveloppée par mille regards qui me fouillaient. Je les sentais me piquer la peau, tellement ils étaient insistants. Joe m'attira contre lui.

«Tu leur plais, murmura-t-il.

— Ah bon! Moi, ils ne me plaisent pas. On dirait une bande de veaux!»

Joe éclata de rire et me serra plus fort contre lui. Sans se soucier des yeux qui suivaient le moindre de nos gestes, ses mains caressaient mon dos nu, mes épaules, elles s'égaraient sur mes fesses, mes cuisses, mes seins. Il me chanta dans le creux de l'oreille les paroles de *Summertime*, l'air que jouait le petit orchestre : "... And your mamma is good looking."

Après un moment, je ne prêtais plus attention à la présence des autres, je m'habituai à leur façon de me scruter. Nous dansâmes pendant plus d'une heure.

À ma troisième coupe de champagne, je marchais sur un plancher d'ouate, la vie autour de moi se déroulait au ralenti. Je contemplais les autres et je me voyais agir comme si j'étais en retrait de mon corps. Comme si j'apparaissais sur un écran. Joe me prit par la main et m'entraîna dans la fameuse salle d'à côté.

Elle était sombre et chaude comme une tanière. Pas une seule source de lumière. Une odeur forte composée de parfums et de transpiration m'assaillit. Y avait-il une seule salle ? Si oui, elle devait être assez vaste. Mes yeux mirent quelques secondes à s'habituer à l'obscurité. Une foule d'ombres se mouvait de manière étrange, se pressait. Il était difficile de se frayer un passage. Ici et là retentirent des cris qui couvraient une gamme étendue allant du râlement aux cris aigüs. Où étais-je ? J'avançais avec peine en raison de mon ivresse. Il me fallut plusieurs minutes pour comprendre ce que ces gens faisaient. On nous dirigea vers un mur. Aussitôt, je me sentis caressée, palpée partout. J'eus un mouvement de recul, je repoussai ces mains qui exploraient mon corps. Ils étaient plusieurs à me toucher. Hommes ou femmes, je ne différenciais pas l'origine de ces souffles chauds sur moi.

« N'aie pas peur, ils ne te feront rien de bien méchant. » murmura Joe à mon oreille en me serrant la main très fort.

Une blonde, à genoux devant lui, enfouissait son nez dans le bas de son pantalon.

Surprise, je m'exclamai :

« Mais Joe, elle est en train de... »

Impossible d'expliquer.

« ... de te... »

Au même moment ma robe était remontée jusqu'à mes aisselles, des doigts écartaient l'entrejambe de mon slip et une bouche s'activait de la même manière que celle de ma blonde voisine. Je poussai un cri et tentai de me dégager, mais la pression de la main de Joe qui tenait la mienne me fit taire. Impossible de bouger, une multitude de mains me couvraient le corps, j'étais plus solidement maintenue que si j'avais été ligotée à un poteau d'exécution. Combien étaient-ils après moi ? La surprise et le premier mouvement de gêne passés, je m'abandonnai, me donnai en pâture. Les yeux fermés, je devins la spectatrice intérieure de ce ballet dont mon corps était la scène.

Toutes ces mains s'agitaient sur moi, me palpaient, avec légèreté d'abord, des gestes presque furtifs, des effleurements, des tapotements, de plus en plus appuyés, de plus en plus profonds, tantôt avec douceur et grâce, tantôt avec des mouvements nerveux. Des mains d'affamés, des mains voraces extrairent mes seins de mon soutien-gorge toujours en place. Elles les saisirent goulûment comme si elles avaient eu peur de manquer de nourriture. D'autres mains, plus audacieuses, me palpèrent, s'aventurèrent sur les rondeurs et les précipices de mon territoire intime. Mon corps entier fut ainsi exploré, léché, sucé. Des langues, qui me parurent immenses comme des langues de chien, me lapèrent partout, le creux de l'oreille, le bout des seins, le fond du nombril et la vulve. Certaines, très expertes, m'arrachèrent des cris.

Sensations étranges de l'abandon de soi le plus total. Ma peau fut blessée par des visages mal rasées, piquées par des moustaches ou caressée par des joues lisses de femmes. Des lèvres douces et fraîches, d'autres brûlantes et molles, communièrent avec mon corps. Qu'importait ces gens, je me refusais d'ouvrir les yeux. J'entendais leurs grognements de satisfaction, le bruit de succion, et respirais leur odeur de bêtes en rut.

Nous étions assemblés pour une communion étrange, quelque chose passait entre nous, chacun buvait au désarroi de l'autre, s'appropriait d'une partie des énergies disponibles. Mon jeune corps leur dispensait des forces vitales et ils s'assemblaient là, comme des moribonds autour d'une fontaine de Jouvence, et s'abreuvaient à n'en plus soif.

J'ignore pendant combien de temps je m'offris à ces inconnus. Combien de minutes, combien d'heures suis-je restée les bras en croix, les jambes ouvertes ? Des images défilaient devant mes yeux fermés, tel un film qui se déroule. Je me voyais comme ces jeunes vierges que l'on offrait aux dieux antiques. Ces dieux impitoyables que les hommes tentaient d'amadouer en leur offrant ce qu'ils avaient de plus précieux : leurs enfants. Ce sont toujours les enfants que l'on sacrifie. Parce qu'ils sont encore proches de la source originelle, qu'ils sont tout regorgeant de vie, purs et innocents, parce qu'ils représentent l'espoir, le futur.

En moi, une voix répétait : « Voilà, allez-y, immolez-moi ! Je me donne à votre Dieu du sexe et du plaisir. »

Joe interrompit mon cinéma en me tirant brutalement par le bras :

« Ça suffit comme ça, on rentre. »

Il me raccompagna chez moi sans prononcer une parole.

Mon corps, sorti de l'anesthésie à laquelle je l'avais soumis de manière inconsciente, se réveillait peu à peu. Des frissons me parcouraient le dos, une chaleur me baignait le bas du ventre, mes seins me parurent des fruits brûlants, gonflés à en éclater. J'étais dégrisée.

Mon âme était sortie de moi quand il parlait.
(Cantique des Cantiques 5 :6)*

Ce soir-là, je ne parvins pas à m'endormir. Le comportement de Joe me rendait perplexe. D'accord, il tenait à m'initier, il était patient, il y mettait le temps, m'exposait à des expériences très variées pour ne pas dire très spéciales, mais... Mais quelque chose m'échappait. Quoi ? Pourquoi devais-je connaître tout cela avant d'en arriver à ce que je souhaitais depuis longtemps et ce à quoi j'étais prête. Je percevais que tout en me soumettant à un crescendo de sensations, il me ménageait. Pourquoi tenait-il tant à préserver mon sacro-saint pucelage ? Il avait pris d'infinies précautions pour me le préserver. Que re-présentait ma virginité (ou le peu qu'il en restait) pour lui ? La chevrettre en chocolat allait-elle fondre avant d'être croquée ? En pensant au chocolat, je me levai pour chercher un verre de lait à la cuisine.

En passant devant la chambre paternelle, j'enten-dis des bruits étranges. Inquiète, j'entrebâillai douce-ment la porte afin de m'enquérir de l'état de mon père et de lui proposer mon aide. Ma mère était partie depuis une semaine à l'étranger pour préparer le vernissage d'une de ses expositions. Nous étions donc seuls, lui et moi, dans la maison et personne d'autre n'aurait pu lui porter secours en cas de difficultés.

La pièce était allumée. Non seulement mon père n'était pas seul, mais il n'avait surtout pas besoin de mon aide. Malgré l'initiation de Joe, le spectacle qui s'offrit à moi me plongea dans la stupeur. Il me fallut quelques minutes pour reconnaître mon père dans ce gigantesque insecte ventripotent qui s'agitait sous mes yeux. En effet, il portait le costume le plus extravagant qui soit : une sorte de maillot à barres jaunes et noires sans manches et sans jambes. Il tourbillonnait sur lui-même en émettant des bourdonnements. Je me retins pour ne pas éclater de rire. Heureusement, la pièce était très vaste et la partie où je me tenais était éloignée des spots lumineux, je pouvais passer inaperçue.

Il s'approcha d'une forme nue allongée sur le lit. J'étais incapable de l'identifier, car elle tournait la tête du côté opposé à celui où je me trouvais.

« Je suis un bourdon ! » s'exclama mon père en s'adressant à la forme.

Il ajouta d'un ton important :

« Ma petite fleur, je vais te montrer mon dard. Il va venir goûter à ton beau pollen. »

Je le vis déboutonner le bas de son costume et exhiber avec orgueil un membre qui, de loin, me parut peu redoutable.

J'aurais dû m'éclipser, mais je ne sais quelle curiosité mauvaise me cloua sur place.

« N'est-ce pas qu'il est beau mon dard !

— Oui, oui ! » s'empressa de répondre une voix que je reconnus sur le champ.

Ça alors ! Je n'en revenais pas. C'était vraiment la soirée des surprises. Le bar, mon père déguisé en bourdon et elle ! Odile ! Après toutes les moqueries dont elle avait été l'objet, le pucelage blindé, le marteau-piqueur ! Et comment pouvait-elle se prêter à ce jeu ? Elle n'était pas du genre à jouer à la petite fleur qui se laisse butiner.

À cet instant, des souvenirs me revinrent avec une clarté fulgurante. Je devais avoir cinq ans, je m'étais réveillée au milieu de la nuit en proie à un cauchemar. Je m'étais alors levée pour me rendre dans la chambre de mes parents située au même étage que la mienne.

Lorsque j'entrai dans la chambre, je fus la spectatrice effrayée d'une scène étrange. Mon père nu chevauchait la bonne qui était alors à notre service. Je me souvins d'un coup qu'elle s'appelait Florence, qu'elle avait de longs cheveux noirs et des poux. Elle était à quatre pattes par terre, sur la descente de lit, et mon père revêtu d'un maillot noir était sur elle. Je ne comprenais rien à leurs gestes qui me parurent brutaux et fous. Ils ne m'avaient pas aperçue. J'avais cherché ma mère des yeux, mais elle n'était pas dans la pièce. À cet âge-là je devais ignorer que mes parents faisaient chambre à part et que ma mère couchait dans le petit salon attenant à son atelier au troisième étage. Mon père occupait seul la chambre conjugale. J'étais repartie en laissant la porte grande ouverte. Le lendemain, mon père m'avait interrogée. La porte ouverte avait dû éveiller ses soupçons. Il m'avait demandé si je m'étais levée au milieu de la nuit. Je lui avais répondu que je ne me rappelais rien. Jamais je n'avais repensé à cette scène avant et voilà que ce vieux souvenir remontait à la surface de ma mémoire comme une bulle qui éclate.

Durant une seconde d'extrême lucidité, je compris pourquoi nous ne gardions jamais nos bonnes. Le départ d'Annick, c'était donc ça ! Mon père devait l'avoir débauchée. Sa tentative de suicide avait rendu Annick vulnérable et elle avait dû accepter de se laisser consoler par papa. Maman les aurait surpris. C'est pour cette raison qu'elle avait congédié Annick. Tout s'expliquait soudain. Les mystères s'étaient éclipsés.

Stupéfaite, curieuse, incapable de bouger, j'écoutais le dialogue entre papa et Odile :

« Tu l'aimes ? demandait mon père.

— Oui, oui beaucoup ! répondit Odile.

— Il est gros, n'est-ce pas ? »

Elle hésita avant de répondre d'un ton rassurant, presque maternel :

« Très gros !

— Tu aimerais bien qu'il vienne se loger dans ton beau vase sacré ?

— Oh oui ! »

Je vis les deux cuisses s'écarter.

« Je butine, je lutine ! chantonnait mon père. Ah ! la belle fleur ! Que c'est doux ! Que c'est bon ! »

Il semblait observer, hypnotisé, le mouvement de son dardillon. Il activa son va-et-vient. J'entendis sa respiration s'accélérer. Soudain, des deux mains, il se retira, le visage illuminé. Il avait le sourire d'un enfant qui vient offrir un cadeau.

« Regarde mon beau miel ! » eut-il le temps de prononcer, juste avant d'asperger Odile de sa semence.

Je finis par trouver la force de me sauver. J'avais eu ma dose d'émotions spéciales pour les dernières vingt-quatre heures.

J'ai passionnément désiré son ombre.
(*Cantique des Cantiques* 2 :3)

Joe partit de manière mystérieuse. Je n'étais pas parvenue à lui arracher un mot au sujet de ce départ précipité. De plus, il ignorait la date de son retour. Je me sentis abandonnée, laissée pour compte. Allait-il revenir ? Pouvais-je compter sur ses promesses ?

La journée, je montais la garde à côté du téléphone. Chaque fois qu'il sonnait, mon cœur se remettait à battre : « C'est lui, cela doit être lui. » Mais non, ce n'était jamais la voix tant désirée à l'autre bout du fil et je sombrais à nouveau dans l'abattement. « Pourquoi ne m'appelle-t-il pas ? Ai-je fait quelque chose qui lui a déplu ? »

Pendant trois semaines je n'eus aucune nouvelle de lui. Trois longues, interminables semaines qui me firent expérimenter l'éternité, l'infini, toutes ces notions auxquelles notre intelligence se heurte. Pour quelles raisons obscures me soumettait-il à cette épreuve ? Il savait que je ne supporterais pas ce vide, cette absence de vie.

Ah ! l'agonie de l'attente ! Dès le troisième jour de séparation, je ne pensai qu'à son retour et je n'avais qu'un désir, celui de retrouver les bras de Joe. J'avais envie de me blottir contre sa poitrine, sentir le poids de son corps sur le mien. Mon corps se languissait de son corps. Je découvris, de manière fulgurante, l'aspect tyrannique, animal et pressant de la passion contre laquelle la raison n'a aucune prise. On ne dresse pas des paravents pour lutter contre une tornade. Pas une pensée qui ne fût empreinte, polluée, par l'image de Joe. Sa présence m'habitait, usurpait mon espace intérieur, me squattait. Je me traînais comme si j'étais dépossédée de moi-même : un fantôme. Malgré tout l'acharnement que je mettais à combattre mon désir, celui-ci en resurgissait fortifié. Plus d'une fois, je m'endormis, la main entre les cuisses, incapable de calmer mon émoi.

Et puis un soir, en rentrant de mes cours, j'aperçus une voiture de sport rouge à l'allure familière garée au bout de notre rue. Je me mis à courir comme si ma vie était en jeu.

Dès que je vis Joe je m'exclamai :

« Oh Joe, enfin ! Je croyais que je ne survivrais pas une journée de plus ! »

Je me jetai dans ses bras, mais il me tint à distance, comme si mon engouement, mon excitation débordante l'effrayaient. Il répondit d'un ton calme :

« J'étais de passage dans le coin et je me suis demandé si tu avais envie de prendre un verre avec moi. »

Par sa présence, les portes du Paradis s'ouvraient tout d'un coup. J'oubliai mes heures d'agonie. J'acceptai avec enthousiasme. Sans doute aurais-je dû, à mon tour, lui rendre les choses plus difficiles, me faire prier, me faire désirer pour le punir de m'avoir si longtemps laissée dans l'inquiétude et le doute ? Mais j'en étais bien incapable, c'était lui qui dirigeait le jeu. Je courus déposer mes affaires dans le vestibule de la maison et le rejoignis dans son auto.

Il me regarda avec attention. Quelque chose en lui avait changé, mais quoi ? Je me sentis un peu étrangère, il allait falloir refaire connaissance.

« Tu es encore plus jolie que dans mon souvenir. »

Il m'attira vers lui, je sentis sa chaleur, son corps. Le temps s'était arrêté, je savourai chaque sensation, en étudiant les résonnances qu'elle suscitait en moi, un peu comme un gourmet décompose mentalement les saveurs. J'aimais son odeur surtout, cette fragrance qui m'était si familière. Ah ! cette odeur-là ! Je l'aurais reconnue si on m'avait bandé les yeux et fait renifler mille hommes.

Je n'y tins plus et ma bouche désobéissante chercha sa bouche. Ses lèvres charnues, de beaux fruits vivants, douces et volontaires, répondirent à ma demande et ouvrirent les miennes. Nous nous explorâmes avec avidité, nous nous redécouvrîmes avec émerveillement. Je contemplai sa bouche humide, gonflée, et je sentis ses lèvres brûlantes me fermer les yeux. Le frein à main meurtrissait ma cuisse, mais tant pis, je n'aurais pas bouger d'un pouce et je n'aurais cédé ma place à personne. Joe me confia que j'étais la meilleure, la plus douce de toutes les petites chattes, que j'étais sa femelle à lui.

Lorsque nous arrivâmes chez lui, Joe me dirigea vers la chambre bleue. Il faisait presque nuit. Il alluma la petite lampe près du lit et s'approcha de moi. Il ouvrit la fermeture de ma robe, la laissa glisser par terre. Ses gestes étaient rapides. Mon slip ne tarda pas à rejoindre les autres vêtements qui gisaient sur le plancher. Sans dire un mot, il m'entraîna vers le grand lit. Dès que je m'allongeai sur le dos, Joe au-dessus de moi, une douce chaleur envahit mon ventre. Les émotions retenues se libéraient avec violence, et aussi étrange que cela paraisse, j'assistai avec sérénité au déchaînement de mon corps devenu fou, ce corps qui gémissait, haletait, quémandait.

« Chhhut ! Doucement ! »

Joe se leva d'un coup, comme s'il venait de penser à quelque chose. Le plancher en chêne murmurait à peine sous ses pas légers.

Joe affairé à programmer la chaîne hi-fi me tournait le dos. Je le contemplais avec ravissement. La lumière de la lampe accentuaient le relief de son corps, de ses fesses rondes et brunes, de ses longues jambes fuselées. Je mourais d'envie de poser ma main sur sa peau lisse et satinée. J'aimais ses cheveux qui frisottaient sur la nuque. Incapable d'attendre, de résister, je me levai pour le caresser. J'appuyai mes seins contre son dos. Je sentais leur masse s'écraser sur sa peau. Il se retourna, me prit dans ses bras et me déposa sur le lit, couchée sur le bord, les pieds au sol ouverte, offerte.

J'écoutais d'une oreille distraite les premières notes de l'adagio de la *Symphonie du Nouveau Monde*. Langage connu, universel! Il saisit ma main et la guida sur son visage, sur ses paupières fermées, tout autour de sa bouche. Il passa le bout de sa langue sur mes doigts, les suça un à un. Il me fixa, impassible. Puis il dirigea ma main vers mon ventre. Il utilisa le bout de mes doigts pour me caresser. Ses doigts prirent la relève, ils jouèrent avec mon bouton sacré pendant que sa bouche s'était refermée sur mon sein droit. L'orchestre entamait le largo. Mon corps incandescent exultait, mon vase débordait de sucs longuement distillés.

Il me souleva dans ses bras et me porta dans la salle de bain. Voilà, une fois de plus, il allait tenter d'étouffer ce désir que j'avais de lui. Mais cette fois, il deviendrait fou avant moi. Il ne pourrait plus me refuser cette étreinte à laquelle il me préparait depuis si longtemps. Je me laissai choir dans l'eau chaude et tourbillonnante du jacuzzi. Les jets. En quelques minutes, mes muscles se détendirent, s'assouplirent. Un bien-être euphorique me gagna. Joe me rejoignit et poussa un grognement de plaisir en s'allongeant près de moi. Je décidai alors de le surprendre. La tête plongée sous l'eau j'aspirai son étamine. Je l'agaçai du bout de la langue. Son apanage gonfla d'orgueil. Je le sentis forcir entre mes lèvres, je poursuivis jusqu'à ce que l'air me manque. J'émergeai à bout de souffle. Joe, amusé, me souriait. Soudain, une lueur inhabituelle apparut dans ses yeux, sa respiration s'accéléra. Il vint vers moi. Ses mains se posèrent sur mes hanches et me retournèrent de façon à ce que je me tienne au rebord de la baignoire. Il était derrière moi et m'embrassait la nuque.

« Kitty, ma petite Kitty, tu vas me faire mourir de bonheur ! » murmurait-il.

Je sentis la chaleur de son ventre sur mon dos, ses mains qui pressaient mes seins. Puis l'une d'elle descendit, me serra avec force. Il me maintenait contre lui pour ne plus que je lui échappe, son bras était d'acier. Ses lèvres aspirèrent le lobe de mon oreille. Je fermais les yeux pour mieux ressentir, pour me concentrer sur ce contact entre sa peau et la mienne. Il me chuchota :

« Maintenant, je vais venir dans ta petite maison. »

Il se présenta dur et imposant à mon entrée et m'ordonna :

« Écarte tes jambes ! »

J'obéis.

« Encore ! »

Alors, il se glissa en moi, impérial, triomphant. Je le sentis se loger au creux de moi, m'emplir, prendre possession du plus petit, du plus intime, de mes espaces, d'un seul coup de rein. Mes chairs se dilatèrent à l'extrême, je poussai un cri de surprise mêlée de frayeur, je ne savais pas si je jouissais ou si j'agonisais. Le plaisir ressemblait de manière étrange à la douleur. Captive, je tremblais comme si j'étais atteinte de tétanisme. J'eus l'impression que le jacuzzi se mettait à tanguer.

Mon corps perçut la salve victorieuse de son occupant. Et puis, un long cri rauque, un cri de célébration, retentit.

> Pourquoi deviendrais-je
> comme une femme enveloppée de deuil... ?
> (*Cantique des Cantiques* 1 :7)

C e vendredi soir, vers huit heures, je rendis une courte visite à Joe. Je devais me lever tôt samedi pour terminer de réviser mon cours de maths sur lequel nous allions subir une interrogation écrite et je ne pouvais rester très longtemps. Je dis à Joe que je passerais l'après-midi du dimanche avec lui. Joe me prévint que ce dimanche après-midi serait inoubliable pour moi.

« Cette fois, tu auras droit au traitement complet.

— Pourquoi pas tout de suite, pourquoi dimanche ?

— Ah ! fille barbare ! Ne crois-tu pas que ce moment est suffisamment important et unique dans ta vie pour qu'il ait lieu de manière plus solennelle ?

— Un rite de passage ?

— En quelque sorte, oui !

— Raconte-moi toutes les méchancetés que vas-tu me faire ? » lui demandai-je sur un ton taquin. »

Il ne releva pas ma taquinerie.

« Nous organiserons une cérémonie.

— Nous ! Qui ça ?

— Les Vietnamiennes, Tamara et moi. »

Ah bon ! ce sera une sorte de spectacle. Je vois le tableau : dépucelage public d'une jeune vierge. Et as-tu vraiment besoin d'elles ? Tu ne peux pas le faire tout seul ? Tu vas peut-être aussi inviter des spectateurs pendant que tu y es.

« Tu as fini ? Tu me laisses t'expliquer ? »

Je répliquai, boudeuse :

« Non, mais c'est vrai, quoi, je m'attendais à quelque chose de plus romantique.

— Ce que tu ne comprends pas, c'est que j'ai horreur de faire les choses comme tout le monde, j'exècre ce qui est ordinaire et banal.

— Merci de me consulter ! Moi, peut-être que j'aime que les choses soient tout simplement naturelles et normales. »

Il m'interrogea sur un ton inquiet :

« Pourquoi me dis-tu cela, ça te dérange beaucoup que nous ne soyons pas seuls ? »

J'hésitai :

« Quelque part oui, mais après ce que j'ai vécu avec toi, j'ai l'impression que plus rien ne me dérange. »

Son sourire furtif, vite maîtrisé, provoqua chez moi, en l'espace d'une demi-seconde, un sentiment étrange, une sorte de profond malaise. On aurait dit qu'il venait de remporter une victoire.

Je dormis peu la nuit de samedi à dimanche. Une foule d'images se pressèrent, se bousculèrent. J'essayais d'imaginer le rituel de mon initiation. Où allait-il avoir lieu ? Serais-je vêtue de manière spéciale ? Je me voyais monter des marches d'une sorte de pyramide maya. Je portais une robe blanche, mes cheveux dénoués pendaient sur mes épaules. En haut d'un autel, trois femmes en noir me tendaient les bras et m'allongèrent sur la pierre sacrificielle dure et froide. Le grand prêtre s'avança. La pleine lune brillait juste au-dessus de sa tête et l'auréolait. D'un coup, il abattit sur moi une immense épée.

Je l'ai cherché, mais je ne l'ai pas trouvé.
Je l'ai appelé, mais il ne m'a pas répondu.
(Cantique des Cantiques 5 :6)

Les préparatifs n'en finissaient plus. Tamara m'avait épilée. Il ne subsistait plus l'ombre d'un poil sur mon corps, puis elle m'avait enduite d'huile vitaminée pour que ma peau devienne douce comme celle d'un nouveau-né. J'avais passé trois heures allongée, complètement nue, à me faire peindre. L'une des Vietnamiennes dessinait des fleurs sur mon ventre, mes seins et l'intérieur de mes jambes. Elle s'appliquait en tirant le bout de la langue. J'étais devenue un tapis de fleurs aux couleurs somptueuses. Deux marguerites pour les seins, des orchidées entrelacées de liserons sur le ventre et des roses pourpres à l'intérieur des cuisses. Joe m'admirait :

« Superbe, tu es superbe ! Un véritable tableau vivant ! »

Il me photographia dans différentes poses.

Joe me fit ingurgiter ce qui était devenu le traditionnel verre de Cognac. Je me sentis presque aussitôt plus gaie. Les jumelles me conduisirent dans une pièce dont j'ignorais l'existence. Les murs étaient recouverts de satin plissé blanc et une odeur de lis flottait. On m'installa dans le siège le plus étrange qui soit. Il était, lui aussi, recouvert de satin moelleux et aussi doux que le duvet. J'étais à demi-couchée, les cuisses écartées, retenues par des accoudoirs au creux des genoux. On m'attacha les mains dans le dos.

« Mais pourquoi m'attachez-vous ?

— Il le faut ! »

Mes seins jaillissaient, provocants comme ceux de ces sculptures de femmes qui ornent la proue des bateaux. J'étais prête à être consommée, ouverte comme une huître, il n'y avait plus qu'à ajouter le jus de citron.

Les Vietnamiennes allumèrent le plafonnier qui diffusait une lumière rose tamisée. C'est alors qu'elles se mirent à me « préparer ». Grandes expertes des jeux du corps, elles préféraient les femmes aux hommes et ne perdaient aucune occasion d'ensorceler, comme si elles ne pensaient en tout temps, en tout lieu, qu'au plaisir. J'appréciais d'autant plus leurs caresses qu'elles n'exigeaient aucune réciprocité. Je pouvais prendre sans avoir à donner à mon tour, ce que je n'aurais guère prisé. J'éprouve de la réticence à entrer en contact avec le corps des femmes, le moelleux de la chair féminine me répugne.

Leurs mains furtives sur mon corps, leur langue papillonnant dans mes creux et replis secrets évoquaient pour moi d'autres mains et d'autres langues. Je fermai les yeux, je me livrai à elles. Les Vietnamiennens avaient une façon très personnelle de sucer. Je haletais, le plaisir transformé en supplice, une note de musique aiguë trop longtemps tenue. Je gémissais : des petits cris de surprise et de bonheur. Ne rien voir décuplait la capacité de mes autres sens. J'étais un corps offert, une fleur qui s'abandonne aux abeilles, un musée aux portes grandes ouvertes. Entrez ! Visitez ! Touchez-moi ! Habitez-moi ! Je ne résisterai pas. Faites-moi vibrer, aidez-moi à découvrir mes mécanismes les plus secrets !

Une musique de harpe retentit. J'adore la harpe. Tamara me mit un bandeau sur les yeux. Pendant quelques secondes, je sombrai dans une quasi-béatitude.

Des mains d'homme me saisirent aux hanches. Des mains larges et fortes. Elles descendirent vers mes fesses qu'elles soulevèrent de la table, je n'étais en appui que par les épaules.

« Joe ! » murmurais-je reconnaissante.

Depuis longtemps, j'étais prête à ce moment, il allait enfin assouvir ce désir qu'il avait fait naître. Je le perçus plus dur que du granit entre mes cuisses. Les femmes se mirent à m'agacer le bout des seins. À petits coups, il s'insinuait en moi. Par la pression de ses mains, il m'incitait à suivre sa cadence. D'instinct, je réglai ma respiration sur son mouvement, de plus en plus prononcé, de plus en plus accéléré, de plus en plus violent. Des cris perçants de douleur m'échappèrent. Il accentua encore le rythme.

Il s'était allongé sur moi, son souffle contre ma joue.

Que se passa-t-il à cet instant précis ? Quelque chose n'allait pas ! Quelque chose n'était pas normal ! Quelque chose dans mon corps se révolta ! Je criai : « Non ! » Malgré mes cris, il persista, plus dur, plus fort. Je voulus me débattre, mais mes mains étaient attachées dans mon dos. Mes cris redoublèrent. Il devait s'imaginer que je jouissais, car je l'entendis m'encourager : « C'est ça, ma belle, vas-y , vas-y ! » Mais la voix n'était pas celle de Joe. L'odeur n'était pas celle de Joe. Ce n'était pas Joe. Je hurlai :

« Arrêtez, je ne veux plus ! »

L'homme redoubla d'ardeur, il remonta encore plus haut dans mon corps. Je sentis un courant chaud m'envahir le ventre. Je l'invectivai, je me démenai avec tant d'énergie que je parvins à me débarrasser du bandeau. J'ouvris les yeux sur le visage rougeaud de George penché au-dessus de moi. L'antiquaire haletait, un sourire de satisfaction sur les lèvres.

J'aperçus Joe assis tout habillé dans un fauteuil. Il se tenait juste en arrière de George, je n'eus même pas à tourner la tête. Il fumait un gros cigare et me considérait de l'œil froid du professeur mécontent de son élève.

J'étais perdue.

Mes yeux se portèrent tour à tour sur les deux hommes. Les femmes s'empressèrent de quitter la chambre. J'interrogeais Joe du regard, espérant une explication. Il se contenta de recracher un morceau de tabac comme si cette situation était parfaitement normale. George souriait toujours de l'air niais d'un convive bien repu.

L'image des pièces d'or anciennes, leur tintinnabulement lorsque je jouais à les passer d'une main à l'autre, me traversa l'esprit. Ô comme leur clin d'œil complice, capté à ce moment-là, prenait du sens tout à coup ! Bien sûr, je compris pourquoi je m'étais sentie mal à l'aise. Ma longue et méticuleuse initiation avait eu un but bien précis. Joe avait été chargé de la délicate mission de rendre la marchandise docile, expérimentée, fonctionnelle et surtout intacte. Son travail était désormais achevé.

Lorsque je revins chez moi ce soir-là, mes pas me dirigèrent vers l'atelier de ma mère. Comme il aurait été bon de me jeter dans ses bras, de poser la tête sur son épaule et de pleurer doucement. « Maman, je te demande pardon. »

Je n'avais pas mis les pieds dans ses quartiers depuis une éternité. Je l'appelai, pas de réponse. Je parcourus son atelier, je vérifiai le coin où elle dormait. Ma mère était absente. Je demeurai là, à contempler ses tableaux comme s'ils avaient un message à me transmettre, comme si ma mère allait me parler à travers eux, m'apporter les mots de réconfort que j'attendais. Je fus frappée de voir, posée par terre, devant d'autres toiles, une acrylique représentant une fillette blonde qui tenait dans la main une rose blanche. Était-ce moi ?

Depuis longtemps, je n'avais pas vu peindre ma mère, je n'avais donc pas suivi l'évolution de son art. Que s'était-il produit en elle ? Même si elle ne peignait plus comme avant, je reconnus son coup de pinceau, je l'aurais reconnu parmi les tableaux d'un millier de peintres.

Je ne vis que les yeux immenses, d'une indescriptible tristesse, de la fillette. Dans un œil perlait une larme. Chaque pupille évoquait un fœtus, et l'un deux, le gauche, reposait sur un suaire.

L'œil du cœur était mort.

Cet ouvrage
publié par les
Éditions Balzac
a été achevé d'imprimer
le 15ᵉ jour de novembre
de l'an mil neuf cent quatre-vingt-seize
sur les presses de
Veilleux impression à demande Inc.
à Boucherville (Québec)

Composition et mise en page :
Laurent Lavaill, illustrateur graphiste.